Kitty Balou

Was es heißt, eine Katze zu sein

Kitty Balou

Was es heißt, eine Katze zu sein

Eine Autobiografie

Aufgeschrieben von Mark Leigh

Aus dem Englischen von
Matthias Schulz

Anaconda

Titel der englischen Originalausgabe:
How to Be a Cat. Kitty Pusskin's Guide to Living with Humans and Getting the Upper Paw
First published in Great Britain in 2016 by
Michael O'Mara Books Limited, London.

Die Deutsche Nationalbibliothek verzeichnet diese Publikation in der Deutschen Nationalbibliografie; detaillierte bibliografische Daten sind im Internet unter http://dnb.d-nb.de abrufbar.

Lizenzausgabe mit freundlicher Genehmigung

Umschlagmotiv und Umschlaggestaltung: dyadesign, Düsseldorf, www.dya.de unter Verwendung der Cover-Illustration der Originalausgabe
Satz und Layout: Roland Poferl Print-Design, Köln
Printed in Czech Republic 2017
ISBN 978-3-7306-0437-3
www.anacondaverlag.de
info@anacondaverlag.de

Einführung

Du bist eine Katze. Hast du dich erst einmal daran gewöhnt, dass du meistens auf dem Boden schlafen musst und dass dein Essen in einem Napf daherkommt, dann ist es im Großen und Ganzen gar keine so üble Sache: Du bekommt jede Menge Schlaf, du kannst Mäuse verstümmeln und dann ist da natürlich noch die süße, ach so süße Katzenminze. Wenn man von dieser Geräuschbelästigung namens Hunde mal absieht, ist unser größtes Problem das Zusammenleben mit Menschen. Dir als Katze sollte eines ganz klar sein: Einfach nur mit den Menschen zusammenzuleben, das reicht nicht aus. Du musst sofort die Position als Alpha-Männchen oder Alpha-Weibchen übernehmen und das Rudel anführen. Und wenn ich von »Rudel« spreche, dann meine ich die Familie, bei der du lebst. Hunde zeigen ihren Status als Alpha-Tier normalerweise durch Knurren und eine aggressive Haltung an, aber wir Katzen führen da eine deutlich feinere Klinge. Wir haben vor allem zwei Wege, um ganz deutlich zu machen, wie groß unsere Dominanz über den Haushalt ist: Erstens ignorieren wir schlichtweg alles, was auch nur im Entferntesten einem Befehl gleichkommt. Und zweitens schauen wir auf den Rest der Welt mit einem Blick herab, der zu gleichen Teilen aus Mitleid, Arroganz, Gleichgültigkeit und Verachtung besteht. Alles eine Frage der richtigen Haltung und der richtigen Einstellung.

Und genau an diesem Punkt kommt dieses Buch ins Spiel. Es ist mehr, viel mehr als nur ein alphabetisch sortierter Ratgeber. *Was es heißt, eine Katze zu sein* zeigt dir, wie du bei allem, was du tust, dieses Gefühl der Überlegenheit ausstrahlen kannst – egal, ob du launisch bist, ob du das Konzept des »Schuldhabens«

mit völliger und absoluter Missachtung bestrafst oder ob du versuchst, jemanden auf der Treppe stolpern zu lassen.

Ich öffne für euch mein Schatzkästchen unbezahlbarer Erkenntnisse, gewonnen aus meinen umfangreichen persönlichen Erfahrungen und durch Gespräche mit meinen zahllosen vierbeinigen Freunden. Ihre Meinung und ihre Ratschläge liest du im »Katzenschnack«, einer Reihe persönlicher Beobachtungen, die immer wieder im Buch auftauchen.

Geht das? Kann ein Haustier tatsächlich die Oberpfote über die Menschen gewinnen? Wenn du dich das fragst, dann denk nur an deine Vorfahren: Die alten Ägypter haben uns verehrt, die Bond-Bösewichter haben uns gestreichelt und jede Hexe, die etwas auf sich hielt, hatte eine Katze an ihrer Seite. All das hat dazu geführt, dass man uns gleichermaßen verehrt, verteufelt und an uns verzweifelt. Wir haben uns diesen wilden Ruf mühsam erarbeitet und wenn die Leute das nicht anerkennen wollen, dann vergiss nicht die wichtigste Regel für den Umgang mit den Menschen: Erkenne sie nicht als Herrchen oder Frauchen an, behandele sie wie Dienstboten!

Kitty Balou
Surrey, England

Abendessen

Besser noch als Katzenminze, besser als ein Wollknäuel und ohne Frage viel besser als die Vogeljagd – kurz: der absolute Höhepunkt im Tagesablauf einer Samtpfote ist das Abendessen.

Es gibt eigentlich nur eine Sache, die besser ist als das Abendessen: Zwei Abendessen! Dazu kann es kommen, wenn dein Mensch dich füttert und nicht wusste, dass dir schon ein anderes Mitglied des Haushalts bereits etwas serviert hatte. Übrigens: Einige Menschen bezeichnen sowohl das, was sie dir morgens hinstellen, als auch das, was sie dir abends hinstellen, als »Hauptmahlzeit«. Wer soll denn daraus schlau werden?

Katzenschnack

Merlin: **Wie lange dauert das denn noch?**

Achten machen

Wenn man sich an Menschen reibt, ist es ausgesprochen angenehm, Rücken, Kopf oder Wange an einem Bein entlang zu ziehen. Allerdings das größtmögliche Wohlbefinden stellt sich ein, wenn man sich zwischen den Beinen des Menschen hindurchschlängelt und eine perfekte Acht malt. Dabei werden alle Seiten nacheinander gerieben. Beherrscht du dieses anspruchsvolle Manöver im Schlaf, kannst du dich den beiden Varianten für Fortgeschrittene widmen.

a) Male eine Acht, während der Mensch geht
Gefahr: Lass dich zwischen den Beinen nicht zerquetschen
b) Male eine Acht, während der Mensch die Treppe hinabgeht
Gefahr: Falls ihr dabei beide die Treppe hinunterpoltert, achte darauf, dass der Mensch deinen Aufprall abfängt

Alpha-Männchen – Alpha-Weibchen

Zu den besten Aspekten des Katzenlebens zählt dies hier: Sobald du über die Schwelle deines Zuhauses trittst, wirst du automatisch zum Alpha-Tier deiner Menschenfamilie.

Wie das geht? Du wirst es einfach. Punkt, aus, fertig.

Diese Überlegenheit ist Teil unserer Katzen-Gene, also ist es überflüssig, aggressiv zu werden, andere zu kratzen oder wie wild zu fauchen, um zu zeigen, wer hier das Sagen hat. Als Alpha-Männchen oder Alpha-Weibchen fallen dir automatisch gewisse Rechte zu:

- Du darfst vor den Menschen durch sämtliche Türen gehen
- Du darfst vor den Menschen die Treppe hinauf oder hinab laufen
- Du darfst jede weiche, warme Oberfläche als Schlafplatz für dich beanspruchen
- Du darfst jeden Befehl ignorieren

Mach von diesen Rechten jeden Tag aufs Neue Gebrauch. Das ist wichtig, weil – jetzt halt dich fest – einem der Menschen ansonsten womöglich das völlig abstruse Hirngespinst in den Sinn kommt, er sei besser als du (oder zumindest genauso gut).

Alpha-Männchen/Alpha-Weibchen zu sein, bedeutet natürlich, dass man stets und ständig bestimmen kann, wie die Dinge zu laufen haben. Hier ist ein einfacher Test, mit dem wir feststellen können, ob du tatsächlich das Zeug zur miezigen Majestät hast.

Bist du in deiner Familie das Alphatier?

Wie nennst du den wichtigsten Menschen in deinem Haushalt?

a) Herrchen/Frauchen
b) Besitzer
c) Diese Flachpfeife

Wo schläfst du jede Nacht?

a) Auf dem Treppenabsatz
b) Auf dem Bett meines Menschen
c) Im Bett meines Menschen

Deine Menschen gehen aus. Wie reagierst du?

a) Ich bin traurig und einsam
b) Ich schlafe oder spiele mit meinem Spielzeug. Ab und zu schaue ich mal aus dem Fenster oder laufe hinaus auf die Straße und sehe nach, ob sie nicht bald kommen
c) Wie, die sind weg? Ehrlich? Seit wann das denn?

Wie gehst du normalerweise die Treppe hinunter?

a) Hinter meinem Menschen
b) Vor meinem Menschen
c) So, dass die Stolpergefahr am größten ist

Auf dem Tisch steht ein Brathühnchen. Was denkst du?

a) Hoffentlich geben mir meine Menschen etwas ab
b) Das gehört mir! Mir allein!
c) Ich denke gar nicht drüber nach und springe einfach los

Dein Mensch fragt: »Na, wer ist ein braves Kätzchen!« Wie lautet deine Antwort?

a) »Ich, ich, ich, hier, ich, bitte!«
b) »Na, ich natürlich! Ich bin das brave Kätzchen!«
c) »Ey, was quatscht du mich so von der Seite an? Willst du Stress?«

Dein Mensch schreit dich an: »Runter da!« Wie reagierst du?

a) Natürlich, auf der Stelle
b) Ja, ja, ich mach' ja schon
c) Schlechter Scherz oder was?

Ergebnisse

Überwiegend a:
Was bist du denn für eine Muschi? Lass dir mal ein paar Eier wachsen. (Ein Menschenspruch und besonders ironisch, wenn du gerade sterilisiert wurdest …)

Überwiegend b:
Naja, für den Alpha-Status reicht es noch nicht. Ein Schuss mehr Ruppigkeit, häufiger mal Essen vom Teller stehlen und einfach mehr Gleichgültigkeit gegenüber Anweisungen an den Tag legen, dann wächst du schon in deine Rolle hinein.

Überwiegend c:
Eine großartige Kombination aus Selbstbewusstsein und Arroganz. Du hast deinen Haushalt im Griff! Katztastisch.

Katzenschnack

Analdrüsen

Angenommen, wir spielen ein Spiel, bei dem man sich Begriffe rund um das Thema Katze einfallen lassen muss. Dann werden Begriffe fallen wie »atemberaubend« und »überlegen«, vielleicht auch »grazil« und »elegant«. Was einem wohl eher nicht einfällt, sind Begriffe wie »Analdrüsen« und »stechender Geruch«. Aber leider gehören auch die nun mal untrennbar zum Katzenleben hinzu.

Wenn ich ganz offen sprechen darf (was wohl unumgänglich ist, wenn wir hier über unseren Hintern reden wollen): Analdrüsen sind für den Arsch. Dein Mensch wird vielleicht von »Duftdrüsen« sprechen, damit es nicht ganz so unschön klingt, aber wie man es auch dreht und wendet, wir reden hier über ein und dasselbe – zwei erbsengroße Säcke links und rechts vom After. Sie enthalten die flüssigen Pheromone, mit denen wir unser Territorium markieren.

Normalerweise entleeren sich unsere Analdrüsen automatisch beim Toilettengang und wir müssen nicht groß weiter über das Thema nachdenken. Manchmal allerdings funktioniert das nicht und das wirst du auch kennen, denn dann ist dein Hintern gereizt und du wirst dich alles andere als kultiviert aufführen – zum Beispiel wirst du deinen Hintern über den Boden ziehen oder versuchen, ihn zu beißen oder zu kratzen. In manchen Fällen entströmt aus dieser Region auch ein ekliger, fischiger Geruch.

Egal, wie sich die Symptome äußern (und beten wir zur Katzenminze, dass es nichts Schlimmes ist), jetzt benötigen wir unbedingt die Hilfe eines Menschen. Wenn du Glück hast, geht dein Mensch mit dir zum Tierarzt. Ich spreche hier ausnahmsweise von Glück, weil die Alternative darin besteht, dass er die erforderliche Prozedur selbst durchführt. Willst du meine Meinung hören? Wenn dir schon jemand einen mit Gleitcreme beschmierten und behandschuhten Finger in den Po schiebt und da herumstochert, dann sollte das jemand sein, der Tiermedizin studiert hat. Das ist nichts für jemanden, der nach dem Motto »Na, wollen doch mal sehen …« an die Sache herangeht.

Anonyme Minzer

Die AM (Anonyme Minzer) sind eine Selbsthilfegruppe, die jeder Katze unabhängig von ihrer Rasse offensteht (sogar orangefarbene sind willkommen). Für die Mitgliedschaft muss nur eine einzige Bedingung erfüllt sein: Du musst willens sein, deinen Katzenminze-Konsum in den Griff zu bekommen, jeden Tag aufs Neue. Die Organisation wurde 1935 gegründet, seitdem haben weltweit über zwei Millionen Katzen ihre Sucht abschütteln und sich ein neues Leben ohne Katzenminze aufbauen können.

Auf Dingen liegen

Es gibt da diesen Spruch: »Leg in den Anstoßkreis eines Fußballstadions ein Blatt Papier. Genau dort wird es sich eine Katze bequem machen.« Natürlich ist das ziemlich übertrieben (davon mal ganz abgesehen: Was soll denn eine Katze in einem Fußballstadion? Wir hassen Mannschaftssportarten!), aber es enthält doch ein Körnchen Wahrheit. Bücher, Zeitungen, wichtiger Schriftverkehr, Handtücher, Tastaturen, Autoschlüssel, Klamotten – die Liste der Dinge, auf denen wir rumgelegen haben, während unser Mensch entweder danach gesucht hat oder sie gerade benutzen wollte, lässt sich quasi endlos fortsetzen.

Tierpsychologen sagen, wir würden uns so verhalten, weil wir die Aufmerksamkeit unserer Menschen suchen. Die Wahrheit sieht anders aus und ist viel einfacher: Wir wissen, dass es sie wahnsinnig ärgert.

Katzenschnack

Auf niedlich machen

Bist du ein Kätzchen? Dann lege das Buch bitte einen Augenblick beiseite und schau in den Spiegel. Siehst du das Ding, was dich da anschaut? Für den Menschen ist das der Inbegriff des »Niedlichen«.

Das Konzept lässt sich nur schwer beschreiben. Wir sind flauschig, das stimmt. Die Augen sind unverhältnismäßig groß, richtig, und dazu dieser hilflose Gesichtsausdruck … Aber letztlich weiß man einfach, was niedlich ist, wenn man es sieht. Und das Beste daran: Man muss sich dafür nicht extra anstrengen. Es ist Teil unseres Wesens und wann immer es im Haushalt zu irgendwelchen Vorfällen kommt, die mit Klam-

Katzenschnack

Purzel: Dank meines Aussehens komme ich mit allem durch.

mern, Kratzen, Reißen, Kaputtmachen oder unkontrolliertem Stuhlgang zu tun haben, ist unsere Niedlichkeit unser »Freifahrtschein«, wie die Menschen dazu sagen.

Kleiner Tipp: Am besten reizt du deinen Vorteil bis zum Äußersten aus, solange du kannst. Wenn du erst einmal fünf, sechs Monate alt bist (und nach menschlichen Maßstäben ein Teenager wirst), lässt der Niedlichkeitsfaktor nach.

Aufdringliche Menschen

Wir sind höchst unabhängige Wesen und lieben unseren Freiraum. Einige Menschen dagegen (insbesondere alleinstehende Frauen jenseits der 35) gehen eine unangenehm enge Beziehung mit uns ein. Natürlich ist es schön, reichlich den Bauch gerieben zu bekommen, umarmt zu werden, gestreichelt und getätschelt zu werden, aber nach einer Weile wird man von der ganzen Zuneigung doch arg erdrückt. Buchstäblich. Wenn also einer der folgenden Sätze fällt, ist es wahrscheinlich am besten, sich aus dem Staub zu machen:

Dinge, die aufdringliche Menschen sagen

- »Du verstehst mich so gut. Es ist fast so, als könntest du meine Gedanken lesen.«
- »Was brauche ich einen Freund – ich habe doch dich!«
- »Ich liebeliebeliebe dich!« (in Babystimme gesprochen)
- »Gestern habe ich von dir geträumt.«
- »Ich kann mir ein Leben ohne dich gar nicht mehr vorstellen.«

Dinge, die extrem aufdringliche Menschen sagen

- »Lass uns gemeinsam durchbrennen und heiraten!«

Augen, die im Dunkeln leuchten

Wir alle kennen das: Manchmal siehst du dein Spiegelbild und stellst erschrocken fest, dass die Augen rot, gelb oder grün leuchten. »Huch«, sagst du dir dann. »Ich sehe aus wie die Katze aus der Hölle und nicht wie ein niedliches Kätzchen namens Schneeball.«

Aber keine Angst: Du bist nicht von einem Katzendämon besessen.* Dieses unwirkliche Leuchten hängt mit einer speziellen Schicht an der Rückseite unserer Augen zusammen. Sie reflektiert das Licht, lässt unsere Augen aber aus einem bestimmten Winkel echt unheimlich wirken. Diese optische Besonderheit erfüllt zwei Aufgaben:

1. Wir können damit im Dunkeln besser sehen
2. Es jagt unseren Menschen eine Heidenangst ein

Die Natur ist schon eine tolle Sache, oder?

Siehe auch ***Starren*** (Seite148).

Autos

»Vier Beine: gut. Vier Räder: schlecht.« Das ist eigentlich alles, was wir Katzen über Autos wissen müssen.

Hunde haben es einfacher. Sie können auf der Rückbank lümmeln oder sich hinten im Kofferraum ausbreiten. Sie stecken den Kopf zum Fenster raus, lassen sich vom Fahrtwind das Fell zerzausen und können die unzähligen aufregenden Düfte schnuppern, die vorbeiwabern. Und wir? Wir sind in eine sogenannte »Transportbox« gequetscht, wo wir gar nichts machen können. Wir können uns hinhocken und uns hin und her schleudern lassen wie in einer Waschmaschine, während

* Auszuschließen ist es aber auch nicht. Siehe *Hexerei* (Seite 65).

unser Mensch ohne das winzigste bisschen Rücksicht auf unsere Gesundheit durch jedes Schlagloch brettert und jede Kurve schneidet. Kein Wunder, dass einem da schlecht wird. Und als wäre das nicht schon schlimm genug, wartet am Ende der Fahrt eine gewaltige Enttäuschung. Immer.

Die Wahrheit über Autofahrten

Wo es deiner Meinung nach hingeht	Wo du tatsächlich landest
Urlaub	Tierarzt
Katzenwellness	Tierarzt
Katzenschau	Tierarzt
Tierarzt	Katzenzwinger

Siehe auch ***Transportbox*** (Seite 164).

Babys

Das, was bei uns Kätzchen sind, nur halt beim Menschen. Oben wird gesabbert und geplappert, aus dem anderen Ende treten unschöne Geräusche und Dinge aus, mehr ist mit den kleinen Dingern nicht los. Das Schlimme daran: Trotzdem reicht dieses kleine bisschen schon aus, deine Position als niedlichstes Mitglied des Haushalts zu gefährden. Für dich bedeutet das: Bis das Baby älter ist und der Reiz des Neuen sich etwas gelegt hat, musst du dich mehr ins Zeug legen – klettere in eine Vase, verfang dich in einem Wollknäuel, schlaf in der Spüle.

Baden

Es ist doch so: Katzen brauchen keine Bäder. Hunde lassen, wenn es um die persönliche Hygiene geht, doch alles mit sich machen. Wir dagegen sind normalerweise ausgesprochen sauber. Ständig und leidenschaftlich putzen wir uns, und zwar aus drei Gründen:

a) um Parasiten zu eliminieren,
b) damit unser Fell sauber und glatt bleibt,
a) damit wir nicht baden müssen.

Einigen unserer Menschen ist schlicht nicht klar, dass sich Dreck, auch wenn er scheinbar noch so hartnäckig festsitzt, durch das Zusammenspiel von Zunge, Zähnen, Pfoten und Krallen entfernen lässt. Nein, sie müssen uns ja unbedingt baden. Wenn du also feststellst, dass man dich in Richtung Wanne oder Spüle trägt, wäre jetzt der richtige Zeitpunkt für Unmutsbekundungen und ich rede hier nicht von passivem Widerstand. Leg also nicht einfach die Pfoten über Kreuz und blick angesäuert drein, nein: Kämpf, schlag um dich, setz dich mit allem zur Wehr, was du hast.

Hinter dem Versuch, euch zu säubern, mag ja gute Absicht gestanden haben, aber trotzdem: Am Schluss solltest du knochentrocken sein, während dein Mensch dasteht und fluchend seine diversen Kratz- und Bisswunden säubert und verbindet.

Siehe auch *Wasser* (Seite 181).

Katzenschnack

Badezimmer

Für die Menschen ein unglaublich wichtiger Raum. Dort stehen nicht nur ihre Toilette und ihre Dusche oder Badewanne, es ist auch der einzige Ort im gesamten Haus, wo sie wirklich mal ungestört für sich sein können. Natürlich nur, wenn sie keine Katze haben.

Wir können uns ja nicht selbst hineinlassen, also fängst du, sobald dein Mensch im Bad verschwindet, am besten sofort an, zu miauen, an der Tür zu kratzen und mit den Pfoten unter der Tür hindurch zu stochern. »Ganz klar Trennungsangst«, wird dein Mensch diagnostizieren. Dass du ihm sein letztes bisschen an Privatsphäre rauben willst, käme ihm niemals in den Sinn.

Katzenschnack

Maunzi: **Kuckuck!**

Siehe auch ***Toiletten*** (Seite 161).

Bauchstreichelfalle

Wir alle kennen das: Wir gehen geschäftig unserem Tagewerk nach, als uns plötzlich das überwältigende Verlangen befällt, etwas zu kratzen. Unser Lieblingsbaum im Garten? Aber es regnet. Der Kratzbaum? Och nö. Und als wir das letzte Mal das Bein von diesem wertvollen antiken Tisch benutzt haben … Denken wir besser nicht mehr an das unschöne Nachspiel, das sich im Anschluss an diesen Vorfall zutrug.

Dabei ist die Lösung für dieses Problem ganz einfach: Dreh dich auf den Rücken und präsentiere dem nächsten Menschen in deiner Umgebung den Bauch. Sie halten das für eine Einladung, deinem Bauch ein paar Streicheleinheiten zukommen zu lassen. Lass das ein paar Sekunden über dich ergehen und dann – zack! Blitzschnell drehst du dich auf die Seite, rollst dich ein wenig ein und Krallen marsch!

Menschen! Fallen doch immer wieder darauf rein.

Siehe auch ***Spielen mit Menschen*** (Seite 146).

Bäume

Ein Buch über Katzen, in dem es nicht auch um Bäume geht, ist wie ein Hundebuch ohne eine Passage über das gegenseitige Beschnüffeln am Hintern. Bäume sind ein wesentlicher Teil unseres gesamten Ichs.

Seine Krallen zu schärfen, indem man sie in weiche Rinde rammt, ist sogar noch ein klein wenig befriedigender als das Schärfen an dickem Teppich, einem Stuhl oder dem Bein unseres Menschen. Aber Bäume haben so viel mehr zu bieten als nur eine schöne, lange, befriedigende und anschrei-freie Kratzorgie: Sie bieten zugleich einen besseren Überblick über mögliche Gefahren und mögliche Beute – und sind eine nützliche Fluchtroute vor lauten Hunden. Hoch oben auf einem

Baum überblicken wir unser ganzes Reich und sind der Herr all dessen, was uns zu Füßen liegt. Naja, das klingt jetzt ein wenig pompöser, als es in Wahrheit ist, denn unser »Reich« umfasst normalerweise auch den ungepflegten Hinterhof, den rostigen Grill, die Gartenhütte, die nur noch durch Spucke und Dreck zusammengehalten wird, und das bessere Schlammloch des Nachbarn, das sich »Teich« nennt.

Und trotzdem ist es manchmal ganz schön, sich von alledem eine Auszeit zu nehmen.

Und wie komme ich da wieder runter?
Irgendwie schaffen es Katzen doch immer wieder nach unten, das sieht man schon daran, dass sich in den Bäumen nicht die Katzenskelette türmen. Schritt eins in dieser Situation lautet: Keine Panik.

Schritt zwei: Mach dir klar, dass es einen physiologischen Grund gibt, warum du nicht so, wie du den Baum hinaufgeklettert bist, auch wieder herunterkommst, nämlich mit dem Kopf voran. Der Grund sind deine Krallen. Sie sind nach innen gebogen, also hast du auf dem Weg nach unten keinen Halt. Aber das ist nicht weiter schlimm. Es gibt drei althergebrachte und bewährte Methoden, von einem Baum wieder auf den Boden zu kommen:

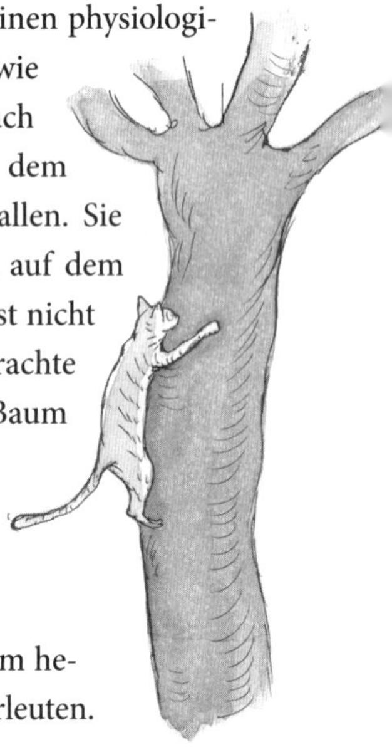

1. langsam, mit dem Schwanz zuerst,
2. schnell, indem du springst,
3. du lässt dich von Menschen in Uniform heruntertragen, sogenannten Feuerwehrleuten.

Beißen

Wenn die Menschen etwas sagen, kann man das größtenteils getrost ignorieren, zum Beispiel »Weg da!«, »Hör auf damit!« und »Runter von meiner Brust, ich bekomme keine Luft mehr!« Aber eine Redewendung haben sie, die man unbedingt respektieren und befolgen sollte, und zwar: »Beiße nicht die Hand, die dich füttert.«

Es gibt zwei Gründe dafür:

1. Ignorierst du diesen Ratschlag, wirst du meistens angeschrien und/oder mit Wasser bespritzt
2. Schlimmer noch: Wenn du deinen Menschen beißt, kann es sein, dass er zum Arzt muss. Möglicherweise wird er dann eine Zeit lang nicht imstande sein, dich zu füttern!

Betteln

Katzen sollten nicht betteln. Niemals. Weder für Essen noch um Gnade und schon gar nicht um Verzeihung.

Lass dich nicht auf das Niveau eines Hunds herab, du bist etwas Besseres.

Etwas viel, viel Besseres.

Blase

Was ist das wichtigste Organ des Menschen? Herz? Gehirn? Völlig falsch. Leber? Bauchspeicheldrüse? Ganz kalt. Das wichtigste innere Organ des Menschen ist die Blase, der »Aufwecker«, wie wir sie nennen. Die Blase findet man am unteren Ende des Bauchs und es ist für Katzen immens wichtig, die genaue Lage zu kennen. Die Menschen können noch so tief schlafen – drücke ein wenig darauf herum oder massiere die Blase sanft mit den Pfoten und sie werden rasch hellwach sein. Und wenn sie eh schon aufstehen, können sie dich auch gleich füttern, oder?

Siehe auch *Menschen wecken* (Seite 111).

Katzenschnack

Cello spielen

Das ist Katzenslang. Du »spielst das Cello«, wenn du ein Hinterbein hoch über den Kopf reckst und dich vor den Augen deiner Menschen (besser noch: und all ihrer Gäste) »da unten« leckst. Um das Maximum an Peinlichkeit und Unbehagen herauszuholen, spielst du das Cello am besten dann, wenn deine Menschen Gesellschaft haben, und zwar:

a) von einem potenziellen Partner,
b) von den Schwiegereltern,
c) vom Chef,
d) von einem Geistlichen.

Katzenschnack

***Bilbo:* Chihuahua? Das ist Mexikanisch für »nimmt bloß Platz weg«, oder?**

Chihuahua

Das soll ein Hund sein? Das Ding da? Ich habe echt keine Ahnung, warum diese Art von Hund überhaupt existiert. Falls zufällig ein Besitzer eines derartigen Tiers das hier lesen sollte: Wenn ihr auf dermaßen kleine »Hunde« steht, könnt ihr euch doch auch gleich eine Katze holen!

Computer

Das erste Gebot lautet: In unserem Haushalt stehen immer wir im Mittelpunkt des Interesses. Unser größtes Hindernis dabei ist oftmals nicht eine jüngere, niedlichere Katze oder – Gott

Katzenschnack

bewahre! – ein Hund, sondern dieser komische Kasten namens Computer.

Bei einem Computer handelt es sich um ein elektronisches Gerät, das aussieht wie ein kleiner Fernseher. Stundenlang sitzt dein Mensch jeden Tag davor und lacht sich schlapp über – tja, über zig Katzenvideos … Katzen, die sich vor ihrem Spiegelbild erschrecken, Katzen, die von Möbel zu Möbel springen und sich dabei verschätzen, Katzen, die sich in Pappkartons verfangen, Katzen, die man über eine Badewanne hält und die dabei etwas schreien, was sich sehr nach »Neiiiiiin« anhört. Und jede Minute, die dein Mensch da hockt und sich Katzenvideos anschaut, ist eine Minute mehr, die er mit seiner echten Katze hätte spielen können.

Und das, meine samtpfotigen Freunde, ist etwas, was die Menschen »Ironie« nennen.

Katzenschnack

Sechs Gründe, warum Katzen niemals einen Computer benutzen werden

1. Wir können vor Aufregung kaum an uns halten, wenn wir das Wort »Maus« hören
2. Und »Spam«
3. Wenn uns eine Webseite gefällt, würden wir versuchen, sie mit unserem Duft zu markieren, anstatt ein Lesezeichen zu setzen. Die Katze ist nun mal ein Gewohnheitstier
4. Hat schon jemand herausgefunden, wie man Fisch herunterladen kann?
5. Es heißt zwar »Laptop«, aber das doofe Dinge hat gar keinen Schoß (englisch »lap«)
8. Mausarm!

Dressieren

Dein Mensch wird immer wieder einmal einen Versuch unternehmen, dich zu dressieren und dich dazu zu bringen, auf simple Befehle zu hören. Dabei begreifen die Menschen eines nicht: Hunde sind echte Rudeltiere, denen es einzig darum geht, es sich nicht mit dem »Anführer« zu verscherzen. Wir dagegen sind absolut unabhängig und weder daran interessiert noch geneigt, etwas nur deshalb zu tun, weil man uns dann lobt, uns Aufmerksamkeit schenkt oder uns mit einem Leckerli belohnt. Im Laufe der Zeit ist es einer Katze natürlich möglich, eine Reihe einfacher Kommandos zu erkennen – wir *wollen* nur einfach nicht. Fühl dich also bloß nicht schuldig, wenn du deinen Menschen in diesem Punkt wieder und wieder frustrierst.

Vergiss nicht: Du bist kein dressierter Affe, du bist eine Katze!

Fünf häufige Befehle, die die Menschen uns beizubringen versuchen

Befehl	Natürliche Reaktion der Katze
Komm!	Wieso?
Bleib!	Nö
Sitz!	Sagt wer?
Platz!	Träum weiter
Hör auf damit!	Was willst denn du?

Ein-Schritt-Regel

Diese Regel solltest du eigentlich ganz automatisch beherrschen, genauso wie du jemanden niederstarren oder drei Viertel des Tages verschlafen können solltest. Falls du diese Regel aus irgendeinem Grund noch nicht beherrschst, lerne sie unverzüglich. Die Ein-Schritt-Regel ist ein Eckpfeiler in der Beziehung zwischen Mensch und Katze und sie ist ganz einfach zu erlernen und umzusetzen: Wenn du Menschen durch das Haus begleitest, achte darauf, dass du stets einen einzigen, nervigen Schritt vor ihnen herläufst. Das gilt umso mehr auf Treppen!

Siehe auch *Treppen* (Seite 167).

Eishockey mit Porzellanfiguren

Eines der besten Katzenspiele überhaupt, gar keine Frage. Noch besser wird es dadurch, dass man es nicht auf Eis spielen muss, wo es rutschig und kalt ist. Und diesen ganzen Kokolores mit Defensivreihen, Abseits oder Zeitstrafen musst du auch nicht lernen. Das Einzige, das du dir merken musst: Bei unserer Version des Spiels ist das Figürchen der Puck und als Eisbahn fungiert jede glatte Oberfläche, sei es ein Tisch, ein Kaminsims oder ein Bücherregal.

Ziel des Spiels

Mit deinen Pfoten schlägst du den Ziergegenstand von links nach rechts und treibst ihn von einem Ende des Spielfelds zum anderen. Und dann haust du das Figürchen auf den Fußboden.

Die Regeln

Lass dich dabei nicht erwischen (okay, das ist nicht wirklich eine Regel, sondern eher ein guter Ratschlag).

Erwin Schrödinger

Schrödinger ist vor allem bekannt als Quantenphysiker, aber er war auch noch etwas: Ein böser Mensch nämlich, ein sehr, sehr böser Mensch. Glaubt mir: Da *kann* einfach nichts Gutes bei herauskommen, wenn man eine Katze mit einer Flasche Gift, radioaktivem Material und einem Geigerzähler in eine Kiste sperrt.

Wenn sich dir jemals ein Wissenschaftler nähern sollte, dann vergiss nicht: »Schrödingers Katze« ist kein reines Gedankenexperiment – es ist ein Grund, den Tierschutz anzurufen! Jede Situation, in der du gleichzeitig tot und am Leben bist, wird einfach nicht gut ausgehen.

Exkremente vergraben

Nicht, dass es noch weiterer Beweise dafür bedarf, dass wir viel, viel zivilisierter als unsere hündischen Spießgesellen sind, aber falls doch: Hunde vergraben ihre Knochen, Katzen vergraben ihre Kacke.

Aber dabei geht es nicht einfach darum, reinlicher zu sein oder auch nur grundlegende Züge von Höflichkeit an den Tag zu legen. Und wenn du schon findest, dass Hunde nicht zivilisiert sind, nur weil sie ihren Kot nicht vergraben, was sagst du dann dazu, dass sie den Randstein oder den Grünstreifen als Toilettenpapier nutzen? Da fehlen einem doch die Worte. Das sind keine Tiere, das sind schlicht und einfach Wilde!

Siehe auch *Katzenklo* (Seite 81).

Fauchen

Bei vielen Tiergeräuschen steht man manchmal da und fragt sich: »Was will das Tier mir jetzt damit sagen?« Glücklicherweise ist das beim Fauchen nicht so. Wenn eine Katze faucht, dann bedeutet es nur eines: »Verzieh dich, sonst ...«

Rund um das Fauchen tauchen bei Katzen zwei Fragen immer wieder auf. Ich will sie an dieser Stelle beantworten und dir noch einen guten Rat mit auf den Weg geben.

Ich fauche gerne, da komme ich mir sehr wichtig vor. Kann ich nicht die ganze Zeit fauchen?

Ja, kannst du, aber es ist wie bei den Menschen und ihrem Fluchen: Wenn man es zu oft tut, verliert es seine Bedeutung. Spar dir das Fauchen für die Augenblicke auf, in denen du deine Botschaft ganz unmissverständlich klarmachen willst. Deine Botschaft wird dann meistens »Lass mich in Frieden oder es setzt was mit meinen Krallen« oder etwas Ähnliches lauten.

Manchmal fauche ich, werde aber trotzdem ignoriert. Was mache ich falsch?

Ich setze mal voraus, dass du das richtige Geräusch machst (es sollte klingen wie Luft, die rasch aus einem Autoreifen ausströmt, alternativ wie eine Grube voller Schlangen). Liegt es vielleicht daran, dass das Fauchen nicht von der entsprechenden Körpersprache begleitet wird? Wähle mindestens zwei der folgenden Handlungen, um ganz deutlich zu machen, was in dir vorgeht:

- reiß das Maul auf
- mach einen Buckel
- lass deinen Schwanz hin und her peitschen
- leg deine Ohren an
- zisch

Katzenschnack

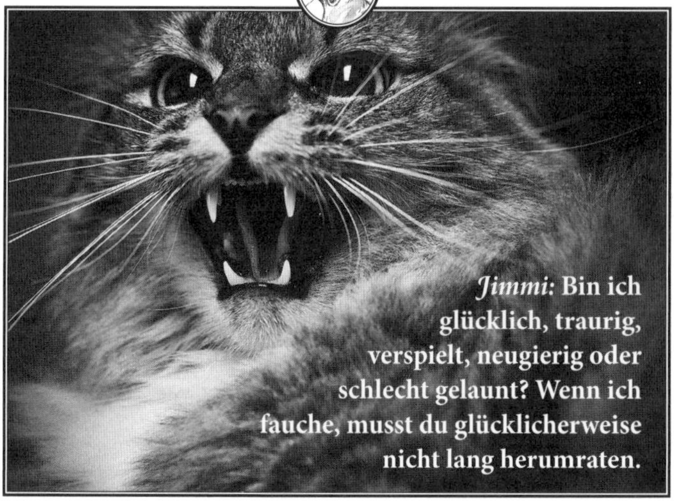

Fellpflege – Fragen und Antworten

Du machst dir Sorgen, weil du ein Drittel des Tages mit der Fellpflege verbringst? Musst du nicht. Das ist völlig natürlich und bedeutet keineswegs, dass du unter Zwangsstörungen leidest, sondern nur, dass du Körperpflege und deine Gesundheit ernst nimmst. Vergiss nicht: Wenn dir auffällt, dass du wie nasser Hund riechst, dann ist es anderen Katzen schon längst aufgefallen.

Sollte ich mich bei der Fellpflege an einen bestimmten Ablauf halten?
Nicht unbedingt, manchmal ist es auch schön, einfach ein wenig Abwechslung in die Sache zu bringen. Du weißt schon: Heute leckst du deine Schultern, dann deine Vorderbeine, die Hinterbeine, die Flanken, den Schwanz und die Genitalien, und morgen beginnst du an den Flanken, anschließend sind die Hinterbeine dran, der Schwanz, die Genitalien, die Vorderbeine und die Schultern. Oder du fängst mit dem Schwanz an. Immer mal was Neues!

Ich bin ein alter Kater und manchmal denke ich: »Dieses ständige Putzen, ist das nicht ein wenig weibisch?«
Wenn früher ein Kater zu viel Zeit damit verbrachte, sich in Schuss zu halten, musste er einiges an Spott und Frotzeleien über sich ergehen lassen. Man belegte ihn mit unschönen Namen und gelegentlich gab es auch eins auf die Nase. Glücklicherweise leben wir mittlerweile in aufgeklärten Zeiten und es ist für Kater absolut in Ordnung, sich genauso lang und genauso gründlich zu pflegen wie für eine Katze.

Stimmt es, dass eine zerzauste und ungepflegte Katze wahrscheinlich eine kranke Katze ist?
Das kann gut sein. Vielleicht handelt es sich aber auch einfach nur um einen Gammler.

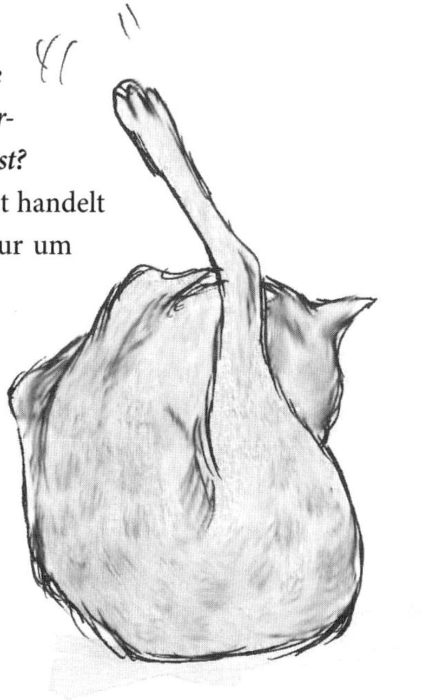

Ich habe sehr viel Fell am Rücken und mache mir ein wenig Sorgen, ob das nicht die weiblichen Katzen abtörnt. Sollte ich mich an einem Baum reiben, um das Fell etwas auszudünnen?
Nein. Du bist eine Katze. Katzen haben überall Fell und es wirkt sich nicht auf die Chancen bei der Partnersuche aus. Gewöhn dich einfach dran.

Fernsehen

Es gibt ein untrügliches Anzeichen dafür, dass deine Menschen ein schlechtes Gewissen haben, wenn sie dich länger im Haus alleine lassen. Was das ist? Sie lassen den Fernseher laufen.

Was machen sie für einen Aufstand darum, den richtigen Sender zu wählen, den Ton ordentlich einzustellen und die Helligkeit zu korrigieren! Was ihnen dabei völlig entgeht, ist, dass wir nicht das geringste Interesse daran haben, fernzuse-

Katzenschnack

Moritz: 570 Kanäle, aber überall läuft nur Mist …

hen, wenn sie nicht da sind – und ehrlich gesagt auch nicht dann, wenn sie da sind. Dafür gibt es einen ganz einfachen Grund und der hat nichts damit zu tun, dass wir Farben nicht so gut sehen können oder dass das Katzengehirn Bilder in einer anderen Bildfrequenz verarbeitet. Nein, der Grund ist viel simpler: Es läuft schlichtweg nichts Interessantes.

Fette Katzen

Bei den Menschen grassiert die Fettleibigkeit und eine Folge davon ist auch eine steigende Zahl übergewichtiger Katzen. Aber ganz ehrlich – es ist nicht unsere Schuld. Nur weil sie richtig reinhauen und sich gerne noch einmal nachnehmen, denken unsere Menschen, dass es uns genauso geht.

Okay, das ist auch so, aber darum geht es gar nicht. Es geht vielmehr darum, dass sie das, was sie nicht schaffen, uns geben und wir nicht Nein sagen können. Sehen wir doch der Wahrheit ins Gesicht: Wir finden Hühnchen, Truthahn, Schweinebraten, Schinken, Rindfleisch, Thunfisch, Lachs, Eier und Käse nun einmal dermaßen lecker, dass wir davon gar nicht genug bekommen können.

Das hat zur Folge, dass wir schon auf dem Tisch sind und angeschrien werden, sobald es auch nur ein klein wenig nach Wurstbrot riecht.

Zehn Anzeichen dafür, dass du eine Pfundskatze bist

- Du versuchst dir einzureden, dass du einfach krankhaft flauschig bist
- Wenn Menschen dich streicheln, reden sie darüber, wie gut du »gepolstert« bist
- Du paarst dich nur im Dunkeln
- Du bist fest davon überzeugt, dass dein Katzenbett irgendwie eingelaufen ist
- Beim Halsband reicht Größe »L« längst nicht mehr aus
- Du ziehst den Bauch ein, wenn dich der Tierarzt auf die Waage stellt
- Wenige Schritte entfernt von dir stützt sich ein flügellahmes Vögelchen auf einer altersschwachen Maus ab, aber du kannst dich einfach nicht aufraffen, etwas zu unternehmen

- Du wirst gefragt, wann denn der Geburtstermin für deine Kätzchen ist, dabei bist du sterilisiert
- Du nimmst an Stellen zu, von denen du bislang gar nicht wusstest, dass man da zunehmen kann. Fette Ohren? Wer hat denn so etwas?
- Dein Mensch ändert deinen Namen von Prinzesschen in Prinzessin Nimmersatt

Katzenschnack

Feuerwerk

Man könnte ja meinen, was Geräusche angeht, würden einer Katze Hundegebell, Donner oder der Staubsauger den meisten Stress bereiten, aber weit gefehlt. Nein, es ist auch nicht Justin Bieber. Viel schlimmer als alles andere ist für uns etwas, das die Menschen »Feuerwerk« nennen.

Dabei handelt es sich um kleine, von Menschen hergestellte Knallkörper, die jede Menge Krach, Licht und Rauch produzieren – in erster Linie aber Krach. Die Menschen haben das Feuerwerk vor über 1000 Jahren erfunden, vermutlich, weil sie glaubten, sich damit böse Geister vom Hals halten zu können. Heute jedoch schlagen sie damit nur die Haustiere in die Flucht. Man sollte doch meinen, dass solch eine Sache, die die Menschen schon seit Ewigkeiten haben, ihnen langsam zum Hals heraushängen sollte, aber nein. Bis heute kommen Feuerwerkskörper regelmäßig bei Feierlichkeiten zum Einsatz, etwa Silvester, bei religiösen Festen, wichtigen Feiertagen oder bei etwas, was die Briten »Guy Fawkes Night« nennen.

Einige auf Katzen spezialisierte Verhaltensforscher haben sich etwas ganz Großartiges einfallen lassen: Sie sagen, dein Mensch sollte dich mit dem Feuerwerk vertraut machen, indem er dir eine CD mit Soundeffekten vorspielt und langsam die Lautstärke steigert, bis du dich an die lauten Knallereien gewöhnt hast. »Klangtherapie« nennen sie das. Ich dagegen nenne es eine hoch riskante Strategie, die zu einem von zwei Resultaten führt:

1. Du gewöhnst dich an den Krach
2. Du wirst noch stärker traumatisiert

Geh besser kein Risiko ein. Wenn es so scheint, als würde dein Mensch dieses Experiment mit dir anstellen wollen, fahr einmal mit den Krallen über die CD.

Dos and Don'ts für Abende mit einem Feuerwerk

- Do: Iss rechtzeitig vor dem angekündigten Beginn der Störungen. Geht das Getöse erst einmal los, bist du vielleicht zu aufgedreht und kriegst keinen Bissen runter.*
- Do: Achte darauf, dass der Weg zu deinem vorgesehenen Zufluchtsort frei ist und du dort sicher vor dem Krach bist. Egal, ob du ein kleines Kätzchen bist oder ein raubeiniger alter Kater: Es ist absolut keine Schande, sich unter dem Sofa in Sicherheit zu bringen.
- Don't: Stolzier nicht durch die Katzenklappe in den Garten, wenn das Feuerwerk losgeht. Es gibt definitiv bessere Möglichkeiten, seinen Mut unter Beweis zu stellen.
- Do: Versuch deinen Menschen dazu zu bringen, den Fernseher anzuschalten. Das wird den Krach der Knaller etwas kaschieren. An Abenden wie diesen solltest du dankbar sein für die lauten, schrillen Talentshows, die bei den Menschen als »leichte Unterhaltung« durchgehen.
- Don't: Fauch das Feuerwerk nicht an. Es kann dich nicht hören und es hat auch keine Angst vor dir.

Siehe auch *Gewitter* (Seite 54).

* Ich weiß, das klingt sehr weit hergeholt, aber man weiß ja nie.

Fisch

Wir sind Katzen. Das heißt, wir haben jede Menge Freizeit und deshalb auch jede Menge Gelegenheit, über die Rätsel des Lebens nachzudenken: Warum ist der Futternapf immer halb leer und nie halb voll? Warum haben die Menschen diese bizarre Vorliebe für zerbrechliche Figürchen? Warum sind Hunde solche Blindgänger? Eine der allerwichtigsten Fragen allerdings lautet: Wie kann es sein, dass wir Katzen Fisch dermaßen lieben, wo wir doch das Wasser so hassen? Manche sagen, das geht auf unsere Abstammung von den Wildkatzen zurück. Schon die hätten gerne Fisch gegessen, wenn sich die Möglichkeit dazu ergab. Andere sagen, es begann, als die alten Ägypter uns mit Fischen aus dem Nil in ihre Häuser lockten und zu zähmen begannen.

Katzenschnack

Wenn ihr meine Meinung wissen wollt: Ist doch völlig egal, oder? Thunfisch, Lachs und Sardinen sind einfach so verdammt lecker und anstatt ständig darüber nachzudenken, könntest du die Zeit doch viel besser dafür nutzen, sie zu essen!

Siehe auch *Goldfische* (Seite 56).

Flöhe, Läuse, Milben und Zecken

Wenn es darum geht, wie gut ein Tier als Wirtstier für andere Tierarten geeignet ist, haben wir Katzen wirklich das kurze Ende der Wurst erwischt. Nashörner haben Madenhacker und Haie lassen sich von Putzerfischen die Zähne putzen und tote Haut wegknabbern. Für beide Seiten ist es eine erfüllende, harmonische und von beiderseitigem Nutzen geprägte Beziehung.

Genau wie Hunde haben wir es mit Flöhen, Läusen, Milben und Zecken zu tun. Von einer symbiotischen Beziehung kann keineswegs die Rede sein, es handelt sich vielmehr um eine echte Qual. Wir sind ja nun schon ausgesprochen gründlich, wenn es um unsere Hygiene geht, aber selbst damit erreichen wir keine völlige Immunität vor diesen abscheulichen Wesen. Deshalb habe ich diesen nützlichen Leitfaden geschrieben.

Alles, was du über unliebsame Parasiten wissen musst

Flöhe

Die Symptome sind schlimm (es juckt wie Hölle und wir müssen die befallenen Bereiche ständig kratzen oder beißen), aber noch schlimmer ist die spezielle Behandlung, die wir möglicherweise über uns ergehen lassen. Wenn dein Mensch bloß zu Tabletten, Puder oder Spray greift, darfst du dich glücklich schätzen, manchmal jedoch zwingen sie dich, ein Flohhalsband zu tragen. Es tötet zwei Dinge mit größter Wahrscheinlichkeit – die Parasiten und deinen Ruf.

Läuse

Nicht ganz so weit verbreitet wie Flöhe, aber gesellschaftlich leidet dein Ruf stärker, als hätte man dich beim freundlichen Plausch mit dem Köter von nebenan überrascht. Eine Zwangswäsche mit einem Läuse-Shampoo ist noch ein geringer Preis. In schweren Fällen kann es sein, dass man dir rund um die befallenen Stellen das Fell abrasiert! Die Menschen reden sich ein, dass Kahlheit attraktiv sein kann oder für Virilität spricht, aber eine Glatzekatze wird nirgendwo für Begeisterungsstürme sorgen.

Milben

Wenn du Milben hast, wirst du dir wünschen, du hättest Flöhe. Milben sind echt alles, was man sich von einem Parasiten nun gar nicht wünscht – sie sind so winzig, dass unser Mensch sie mit bloßem Auge nicht erkennt. Sie haben kleine Krallen. Sie legen Eier unter die Haut. Und: Sie sind sehr ansteckend. Am häufigsten leiden Katzen unter Ohrmilben. Wie der Name schon sagt, machen sie es sich im Ohr gemütlich, genauer gesagt im Gehörgang. Milben sind ja auch so schon eklig, aber Milben, die sich von Ohrenschmalz ernähren? Ich muss jetzt aufhören, mir wird gerade etwas blümerant.

Zecken

Zecken kann man sich einfangen, wenn man viel Zeit in hohem Gras verbringt. Sie sind wie große Milben und gelten als die Vampire unter den Parasiten. Sie graben sich an den Stellen, wo dein Fell am dünnsten ist, in die Haut und saugen sich voll Blut. Wir reden hier also über dein Gesicht, deinen Hals, die Innenseiten der Beine und »da unten«. Zecken sind nicht nur wegen des Infektionsrisikos und möglicher Krankheiten die Pest, sie bringen auch ein noch größeres Risiko mit sich: Jetzt wird sich nämlich zeigen, ob dein Mensch ein knausernder Geizhals ist. Holt er sich vom Tierarzt oder aus der Zoohandlung Mittel zur Behandlung? Einige Menschen versuchen doch tatsächlich, Zecken loszuwerden, indem sie sie ausbrennen.

Du hast richtig gelesen: Mit Feuer versuchen sie die Zecke dazu zu bringen, sich von dir zu lösen.

Kommt also dein Mensch mit einem Streichholz oder einer brennenden Zigarette in die Nähe deines Fells, renne! Renne

Katzenschnack

Monty: **Man hat mich rasiert, weil ich Läuse hatte. Schaut mich nur an! Wer will denn eine nackte Katze sein? Nicht einmal eine andere nackte Katze.**

um dein Leben! So schnell du nur kannst. Verbrennungen – speziell solche am Fahrwerk – werden deutlich schmerzhafter sein als alles, was dir so eine Zecke zufügen kann.

Siehe auch *Räude* (Seite 130).

Fremde Personen

Als Katze solltest du nicht übermäßig aus dem Häuschen geraten, wenn eine neue Person zum Haushalt stößt. Warum solltest du auch? Wichtiger als du kann sie ja wohl nicht sein.

Frisch bezogene Betten

Die Formulierung »frisch bezogen« mag dir vielleicht nichts sagen, aber du weißt, was gemeint ist: Der Tag ist gekommen, an dem dein Mensch die alten Bettlaken, die Bettdecke und die Kopfkissen abzieht und alles frisch bezieht.

Dieser Tag sollte auch der Tag sein, an dem du deine Menschen in den Wahnsinn treibst, indem du dich im sauberen Bettzeug vergräbst.

Füchse

Das sind schon merkwürdige Zeitgenossen. Biologisch gehören sie zu einer Familie mit Wölfen, Kojoten, Dingos, Schakalen und natürlich Hunden. Andererseits haben sie vertikale Pupillen, sie können auf Bäume klettern, sie können ihre Krallen einziehen, sie springen ihre Beute von oben an und sie sind eher nachtaktiv. Sie sind also in vielerlei Hinsicht wie wir Katzen. Vielleicht mögen wir sie deshalb.

Ein anderer wichtiger Grund: Hunde hassen Füchse und du weißt ja, was man sagt: Der Feind meines Feindes ist mein Freund.

Fünf-Sekunden-Regel

Fünf Sekunden beträgt die durchschnittliche Zeitspanne, die wir gehalten und geknuddelt werden wollen. Danach solltest du deiner Unzufriedenheit Ausdruck verleihen, indem du die Ohren anlegst und den Schwanz peitschen lässt. Ein gut abgerichteter Mensch weiß jetzt, dass es nicht ratsam wäre, das Kuscheln unnötig auszudehnen. Nach weiteren fünf Sekunden kannst du mit Krallen und Fauchen noch einmal unterstreichen, dass man dich doch jetzt bitte schön wieder auf den Boden setzen sollte. Manchmal sagen Taten mehr als tausend Worte.

Siehe auch *Menschliche Zuneigungsbekundungen (MZB)* (Seite 114).

Gassi gehen

Sehen wir aus wie Hunde? Benehmen wir uns wie Hunde? Bellen wir? Nein? Dann geht mit uns auch nicht Gassi.

Sofern wir uns nicht in Paris befinden und sofern dein Mensch keine alte Dame ist oder ein ganz besonders modischer Mann, besteht absolut keinerlei Notwendigkeit, uns an der Leine zu führen und mit uns durch die Straßen zu spazieren. Du siehst sonst nämlich aus wie ein Idiot.

Und das fällt auf uns Katzen insgesamt zurück.

Gerufen werden

Gerufen zu werden, ist für eine Katze in etwa so wie eine Nachricht auf dem Anrufbeantworter für einen Menschen: Man muss nicht sofort reagieren. Tatsächlich solltest du das Ganze ignorieren und erst reagieren, wenn es dir passt – sofern es überhaupt irgendwann genehm ist. Sofort zu reagieren, spricht für ein ungesundes Maß an Unterwürfigkeit und Abhängigkeit. Von Hunden erwartet man so etwas, aber von Katzen?!

Reaktion eines Hundes, wenn er gerufen wird
Ich? Du sprichst mit mir? Ernsthaft? Jetzt? Ich komme schon. Warte auf mich. Ich liebe dich!

Reaktion einer Katze, wenn sie gerufen wird
Was ist denn das für ein Lärm?

Gemüse

Manchmal kommen unsere Menschen auf die völlig dämliche Idee, sie müssten etwas Gutes für unsere Ernährung tun und unser Futter um Gemüse ergänzen. Dabei sieht die Faktenlage ganz anders aus:

Wir brauchen kein Gemüse

Wir wollen kein Gemüse

Schlimmer noch ist, dass Dinge wie Knoblauch, Zwiebeln, Schnittlauch, Tomaten und Avocados giftig für uns sein können. Es geht um deine Gesundheit, also geh kein Risiko ein! Am besten vermeidest du einfach jedes Gemüse.

Katzenschnack

Ricky: **Ich dachte immer, etwas Faderes und Langweiligeres als Trockenfutter könne es nicht geben. Dann lernte ich Gemüse kennen.**

Getränke

Getränke erfüllen zwei Funktionen:

1. Die Menschen löschen damit ihren Durst
2. Wir haben etwas, das wir grundlos umwerfen können

Gewitter

Du schaust aus dem Fenster und fragst dich, warum es schlagartig so duster geworden ist. Gerade willst du ansetzen und über den Sturzbach schimpfen, der vom Himmel kommt und dich daran hindert, vor die Tür zu gehen, da hörst du einen infernalischen Knall! Offenbar steht das Ende der Welt bevor. Eben musstest du noch nicht ganz dringend auf die Toilette, jetzt schon. Aber möglicherweise ist es dafür auch schon zu spät …

Das nennt man Donner und es ist völlig natürlich, angesichts dieses Krachs etwas Unbehagen an den Tag zu legen. Einige Katzen verspüren nur eine leichte Form von Beunruhigung, andere werden von nackter Panik gepackt und sind wie versteinert vor Furcht.

Für die meisten Katzen ist es die Angst vor dem Unbekannten, die sie am stärksten quält. Also klären wir doch zunächst einmal, was Donner ist und was nicht.

Was ein Donner ist
Eine überschallschnelle Schockwelle, die durch einen Blitzschlag verursacht wird

Was ein Donner nicht ist
Der größte Hund der Welt, ein unglaublich massiges Biest, das draußen vor der Tür steht und dich anbellt, so laut es nur kann

Natürlich kann einem ein Donner Angst machen, aber du kannst dieses ganz alltägliche Wetterphänomen auch zu deinem Vorteil nutzen. Nimm es doch einfach als Freifahrtschein, all die Dinge zu tun, die du sonst nicht tun darfst. Beispiel gefällig? Renn in halsbrecherischem Tempo von Zimmer zu Zimmer und wirf unterwegs ein paar Dinge um. Kratz alles an, was du eigentlich nicht ankratzen darfst. Klettere die Vorhänge hoch. Geh in all die Zimmer, die für dich tabu sind. Kau auf Schuhen herum. Und selbstverständlich kannst du auch außerhalb des Katzenklos dein Geschäft verrichten.

Dass du dich so völlig daneben benimmst, werden deine Menschen darauf zurückführen, dass dich der laute Krach verängstigt hat. Man wird dir alles verzeihen und nicht nur das – die Chancen stehen gar nicht schlecht, dass sogar noch ein paar Streicheleinheiten und ein Leckerli abfallen.

Gewitter? Klingt auf einmal gar nicht mehr so übel, oder?

Katzenschnack

Maggie: **Jaja, ich gebe es ja zu: Ich bin ein Angsthase.**

Siehe auch *Feuerwerk* (Seite 43)

Goldfische

Es gibt gemeine Menschen, die uns jede Menge Hindernisse in den Weg stellen, damit wir nicht an die Goldfische herankommen. Traditionelle Hürden sind:

- Der Fisch befindet sich in einem potenziell gefährlichen Glasbehälter
- Der Behälter ist mit Wasser gefüllt und mit Wasser haben wir es ja nicht so, wie du weißt
- Damit wir nicht drankommen, steht der Behälter hoch oben auf einem Regal (Ha! Herausforderung akzeptiert!)

Eines kapieren die Menschen nicht: Da ist dieser Goldfisch und er schwimmt hin und er schwimmt her. Dabei glitzert und schimmert sein kleiner Körper und weckt unsere Aufmerksamkeit wie sonst nichts. Es packt uns eine Mischung aus Neugier, Instinkt und »Zur Hölle mit den Konsequenzen«. Auf unserem Weg zum Goldfischglas oder dem Aquarium wird uns nichts und niemand aufhalten können!

Die drei Phasen unserer Beziehung zu Goldfischen:

- Interesse
- Unterhaltung
- Lecker Fischlein

Katzenschnack

Tigger: Schwimm ruhig davon …
Verstecken kannst du dich ja doch nicht!

Gras essen

Als Katze sind wir instinktgetrieben. Menschen dagegen neigen dazu, viel zu lange über alles nachzudenken. So zerbrechen sie sich den Kopf, warum wir es so toll finden, auf Gras oder anderem Grünzeug rum zu kauen, schließlich sind wir doch in erster Linie Fleischfresser und unsere Mägen verfügen auch gar nicht über die notwendigen Enzyme, um Gras zu verdauen. Seit Jahren grübeln die Menschen, was der Grund sein kann, und noch immer sind sie nicht dahintergekommen.

Was die Menschen glauben, warum wir Gras fressen:

- Es ist ein Naturheilmittel gegen Bauchschmerzen. Das Gras führt dazu, dass wir uns übergeben, wenn uns etwas quer liegt, beispielsweise Vogelknöchelchen oder Federn.
- Wir nehmen auf diese Weise zusätzliche Nährstoffe und Ballaststoffe zu uns.
- Es ist ein natürliches Abführmittel.
- Wir gleichen dadurch Defizite in unserer Ernährung aus.
- Es ist ein Überbleibsel aus der Zeit, als wir noch in der Wildnis lebten.
- Wir signalisieren damit, dass wir Stress haben.

Und warum essen wir in Wahrheit Gras?

- Es schmeckt uns.

Haarballen

Wir hatten das ja schon beim Thema Analdrüsen. Auch beim Thema Haarballen gilt, dass man nicht »schicklich« darüber reden kann. Haarballen entstehen, wenn wir unser Fell lecken und dabei Haare verschlucken. Den Großteil scheiden wir über den Darm wieder aus, aber einige Haare sammeln sich auch im Magen und bilden dort kleine Klumpen. Nach einer Weile werden sie aber unangenehm und dann entsorgst du sie am besten auf die schnellstmögliche Weise – sprich: durch Erbrechen. Anschließend wirst du dich viel, viel besser fühlen und obendrein macht es deinen Menschen ganz kirre.

Was diesen Aspekt angeht, solltest du versuchen, das Maximale herauszuholen. Hast du *Der Exorzist* gesehen? Wenn du den Haarballen hochwürgst, solltest du versuchen zu klingen, als seist du von einem Pazuzu besessen, einem Dämon. Und im Idealfall wartest du damit, bis deine Menschen sich gerade zum Essen hingesetzt haben, bis sie gerade essen oder bis sie sich paaren. Und genauso wichtig wie das *Wann* ist selbstverständlich auch das *Wo*.

Die fünf besten Stellen, um einen Haarballen zu erbrechen

- Neben dem Bett deiner Menschen, und zwar genau an der Stelle, wo sie morgens beim Aufstehen mit dem Fuß aufsetzen
- Auf einen richtig teuren Teppich
- In einen Schuh deiner Menschen
- In den anderen Schuh
- An einer Stelle, bei der du sicher sein kannst, dass deine Menschen den Ballen erst in einigen Tagen finden werden

Halsbänder

Es scheint mindestens ebenso viele Halsbänder für Katzen zu geben, wie es Katzenarten gibt. Die meisten sind aus Leder oder Stoff (also die Halsbänder, nicht die Katzenarten). Farben und Schnitt unterscheiden sich teilweise sehr, aber es gibt drei zentrale Kategorien: einfach, großspurig und klischeehaft. In den meisten Fällen wird dein Mensch für dich entscheiden, welches Halsband du bekommst. Das kann sehr ärgerlich sein, denn es gibt durchaus Modelle, um die du einen möglichst großen Bogen machen solltest.

Wie vermeide ich einen Mode-Fauxpas?

Flohhalsbänder

Flohhalsband oder ständiges Kratzen? Häufig wäre einem Letzteres lieber, was sehr viel darüber aussagt, wie dein gesellschaftlicher Status unter einem Flohhalsband leidet. Das Gegenstück beim Menschen? Wenn sich jemand im Fußballtrikot in der Öffentlichkeit zeigt.

Halsbänder mit Stacheln oder Nieten

Die wurden kurz nach der Steinzeit erfunden, um die zahmen Hunde und Katzen vor Wolfangriffen zu schützen. Heute sind Wölfe in unseren Städten ein doch eher seltener Anblick geworden. Das einzige Opfer hier ist der gute Geschmack.

Halsband mit Leopardenmuster

Biologisch betrachtet mögen sie unsere Vettern sein, aber so ein Halsband mit Leopardenmuster sorgt doch bloß für unnötigen

Druck, schließlich will man dann die Erwartungshaltung der Leute (und der anderen Katzen) erfüllen, obwohl man heute gar nicht in der Stimmung ist, einen See zu durchschwimmen oder eine fliehende Antilope zu schlagen.

Aufgepimpt und personalisiert

Ein Lederhalsband mit deinem Namen in Strass und Chrombuchstaben, das hat schon was. Das setzt allerdings auch voraus, dass dein Name zu dem Look passt. Wenn du dir nicht sicher bist, frag dich: »Sieht mein Name auf einem mit Modeschmuck verzierten Halsband wirklich gut aus?« Wenn du Schlitzer, Biest oder Rambo genannt wirst, lautet die Antwort: Nein.

Halsband mit integriertem Schlips

Im Ernst?

Katzenschnack

Tips: **Zu meinem Namen passt dieses Halsband nicht so wirklich …**

Viele Katzenhalsbänder haben auch so ein extrem nerviges Glöckchen, das deinem Menschen verrät, wo du gerade steckst. Das ist ein Musterbeispiel dafür, wie unlogisch die menschliche Logik doch ist. Wenn sie nämlich keine Glocke hören, wissen sie ganz genau, wo du nicht bist!

Halskrause

Wenn du einen Ausschlag oder eine Wunde hast, wird dieses Ding an deinem normalen Halsband angebracht, damit du nicht an der betroffenen Stelle herumleckst oder beißt. Man spricht auch von einem Schutzkragen, aber egal wie der hochoffizielle Name nun auch lauten mag, weltweit wird das demütigende Teil nur »Kragen der Schande« genannt.

Vorteil: Es beschleunigt den Heilungsprozess.
Nachteil: Du siehst damit aus wie ein Vollpfosten.
Fazit: Wenn man sich nicht mehr an den Genitalien herumlecken kann, hat man schlagartig erstaunlich viel freie Zeit zur Verfügung.

Wie man sich trotz Halskrause einen letzten Rest Selbstwertgefühl bewahren kann

Es tut mir wirklich leid, aber wenn man mit einem umgedrehten Lampenschirm um den Hals durch die Gegend läuft, ist es schlicht unvermeidbar, dass die Würde Schaden nimmt. Vielleicht wirst du den anderen Katzen erzählen, dass es sich um einen ganz speziellen Empfänger handelt, der es dir ermöglicht, auf noch größere Entfernung zu hören, ob irgendwo eine Dose Katzenfutter aufgemacht wird, dass es sich um eine tolle Vorrichtung handelt, Spielzeug von einem Raum in den nächsten zu transportieren, oder dass du darauf wartest, dass jemand die Halskrause mit Leckereien auffüllt, aber weißt du was? Niemand wird dir glauben. Niemand. Jemals.

Katzenschnack

Mikesch: **Meine sogenannten Freunde haben mich gefragt, ob ich mit dem Ding auch Radio Kitekat empfangen kann. Ich finde das nicht lustig.**

Harnspritzen

Harnspritzen ist nicht so einfach, wie es klingt. (Also das Strullern selbst ist natürlich einfach – rückwärts ran an das Ziel, Schwanz hoch und Wasser marsch, sozusagen.) Was ich sagen will: Die Gründe, warum wir Harn verspritzen, lassen sich nicht einfach darauf reduzieren, dass wir unser Territorium markieren und den anderen Katzen sagen wollen: »Verzieh dich, Sportsfreund! Ich war zuerst hier!« Harnspritzen hat eher damit zu tun, seine Gefühle zu kommunizieren. Okay, es ist vielleicht nicht ganz so angenehm wie Miauen oder Schnurren und definitiv riecht es auch mehr, aber es ist dennoch ein wichtiger Weg, sich auszudrücken.

Fünf mögliche Gründe, warum du (abgesehen vom Markieren) Harn spritzt:

1. Du hast Angst
2. Du bist wütend
3. Du willst dir einen unbekannten Gegenstand vertrauter machen
4. Diese neue Couch ist wirklich ganz, ganz schlimm
5. … und die Tapete ist auch nicht besser

Hexerei

Bist du sicher, dass du tatsächlich eine Katze bist? Mag sein, dass du wie eine aussiehst, aber vielleicht bist du gar keine, wer kann das schon so genau sagen …

Ich weiß, das klingt ein wenig nach meschugger Mieze, aber wer an Hexerei glaubt, hält Katzen für Geister in Tiergestalt, sogenannte »Familiare«, deren Aufgabe es ist, einer Hexe zur Hand zu gehen. Sie helfen ihr mit den Zaubersprüchen und stehen ihr als ständiger Begleiter zur Seite. Die meisten Familiare tragen Namen wie Salem, Pyewocket oder Crookshanks und sind schwarze oder rothaarige Kurzhaarkatzen. Katzen mit Tabby-Muster kommen nun einmal nicht »übernatürlich« rüber und wenn du eine weiße, flauschige Katze bist … Tja, da wird es nicht so einfach, jemanden einzuschüchtern, nicht?

Wenn du dir nicht sicher bist, ob du ein Familiar bist, frag dich: »Habe ich übernatürliche Kräfte?« Falls ja, ist das ein untrüglicher Beweis. Kannst du beispielsweise in einem einzigen Satz oben auf den Gartenzaun springen? Kannst du auf einer Wäscheleine balancieren? Dann herzlichen Glückwunsch zu deinen sportlichen und athletischen Fähigkeiten, aber mit Magie hat das nichts zu tun. Natürlich kann es sein, dass du über übernatürliche Talente verfügst, sie aber noch in dir schlummern. Deshalb müssen wir zunächst einmal die Frage klären, ob dein Mensch eine Hexe ist.

Sieben untrügliche Zeichen dafür, dass dein Frauchen tatsächlich eine Hexe sein könnte

- Auf Facebook nennt sie sich »Waldelfe« oder »Mondtochter«
- Sie findet die Tagundnachtgleiche im Frühjahr deutlich besser als Weihnachten
- Sie läuft bei Nacht nackt im Wald herum
- Sie kocht nicht in einer Kasserolle von Le Creuset, sondern in einem Kessel
- Halloween ist für sie ein religiöser Feiertag und keine Konsumveranstaltung
- Sie schreibt das Wort »Magie« in Runenschrift
- Sie hat einen Autoaufkleber, auf dem steht: »Mein anderes Auto ist ein Besen«

Hunde

Seit Jahrhunderten geht es zwischen Katzen und Hunden zu wie zwischen den heldenhaften Autobots und den bösen Decepticons (*Transformers*, ihr wisst schon). Es ist ein ewiger Kampf um die Oberhoheit.

Logische Gründe für diese Feindseligkeiten gibt es nicht. Hass beruht normalerweise auf Unterlegenheit oder Eifersucht, aber wenn wir uns mit den Hunden vergleichen, auf was sollten wir da eifersüchtig sein, in welchem Aspekt sollten wir unterlegen sein? Eben. Falls du je unumstößliche Beweise für deine Überlegenheit benötigen solltest, sieh dir einfach die folgende Liste an.

Zehn Gründe, warum Katzen so viel besser sind als Hunde

1. Unser Farbsehen ist besser. Hunde können nur schwer zwischen rot und grün unterscheiden. Ich frage mich nur, warum das so ist – das sind doch zwei vollkommen unterschiedliche Farben!
2. Hunden fehlt es komplett an Manieren. Wer verrichtet denn in aller Öffentlichkeit sein Geschäft? Mitten auf der Straße? Hallo?!
3. Uns lässt man unbeaufsichtigt aus dem Haus. Wir können vor die Tür, wann immer wir wollen. Wir können herumspazieren, ein paar Freunde am anderen Ende der Straße besuchen, uns in der Sonne aalen und wir sind rechtzeitig zum Abendessen und zum Schlafen wieder zurück. Hunde dagegen sind komplett verantwortungslos. Lass einen zur Tür heraus und der muss nur irgendetwas Interessantes riechen (Würstchen, Fuchs, was weiß ich), schon ist er über alle Berge und ward nie wieder gesehen (nicht, dass ich mich darüber beschweren würde ...).
4. Wir können fauchen, genau wie eine Schlange. Das macht uns zu harten Kerlen.
5. Ich will ja hier niemanden ansehen, aber im Gegensatz zu anderen Spezies werden wir nicht von einem unwiderstehlichen Drang gepackt, uns in Kacke, verrottenden Kadavern oder schlammigen Pfützen zu wälzen. Wer kommt bloß auf solche Ideen?

6. Anders als für Hunde ist persönliche Hygiene für uns ein unerlässlicher Bestandteil des Tagesablaufs und keine »Kann«-Option, um die man sich kümmert, wenn einem gerade mal danach ist.
7. Wir fangen nicht an, wie bescheuert im Kreis zu rennen und hysterisch zu krakeelen, nur weil es an der Tür klingelt. Habt ihr denn nicht wenigstens einen winzigen Rest an Würde?
8. Wir sehen selbst in einer mondlosen Nacht noch die kleine schwarze Maus am anderen Ende des Gartens. Ein Hund tut sich schon schwer damit, das Stück Futter auszumachen, das man ihm fünf Zentimeter von der Nase entfernt hinwirft. Was für Idioten!
9. Ganz egal, wie die Töle auch heißt, »Starrer« oder »Mister Sphinx« oder wie auch immer – bei einem Starr-Wettbewerb mit einem Hund wird es immer nur einen Sieger geben: dich.
10. Und auch in puncto Niedlichkeit kann sich ein Hund noch so anstrengen. Soll er doch auf den Hinterbeinen laufen oder einen Teller auf der Nase balancieren. Er hat keine Chance.

Katzenschnack

Impfungen

Katzenstaupe, Chlamydien, felines Leukämievirus … Was ist schlimmer, der Name dieser Krankheiten oder die Krankheiten selbst?

Zum Glück ist die Medizin mittlerweile so weit fortgeschritten, dass wir diese Krankheiten nicht bekommen müssen. Doch die Sache hat einen Haken: Damit wir sie nicht bekommen, muss der Tierarzt uns eine Spritze geben. Diese Spritze enthält ein sogenanntes Vakzin, einen Impfstoff. Das ist gut. Die Spritze verfügt aber auch über eine sehr spitze Nadel. Das ist schlecht, sehr schlecht.

Jagen

Etwas zu jagen, folgt nicht nur einem Instinkt, es bereitet auch jede Menge Spaß und ist so einfach.

Wie man etwas jagt

1. Du rennst richtig schnell hinter etwas her
2. Das war's auch schon

Und das Schöne daran: Es gibt absolut null Druck. Man muss das, was man jagt, ja noch nicht einmal fangen. Das Aufregende an der ganzen Geschichte ist das Jagen selbst.

Gut zum Jagen geeignet	Schlecht zum Jagen geeignet
Bälle Wollknäuel Mäuse Vögel Eichhörnchen Chihuahuas Spinnen Alles, was nach Katzenminze riecht	Alles, was sich nicht bewegt Große Hunde Dein Schwanz (du kriegst bloß einen Brummschädel)

Jalousien

Was für das Innere von Waschmaschinen und Trocknern, für Nachbars Gartenlaube und für offenes Feuer gilt, gilt auch für Jalousien: Sie sind nicht deine Freunde! Klar, auf den ersten Blick sehen sie völlig harmlos und unschuldig aus. »Sind doch bloß ein paar dünne, horizontal angeordnete Leisten, die mir den Blick nach draußen versperren«, denkst du, aber in Wirklichkeit sind sie eine Art am Fenster angebrachte Venusfliegenfalle. Eine falsche Bewegung und du bist hoffnungslos gefangen. Selbst wenn es dir auf wundersame Weise gelingen sollte, dich aus der Falle zu befreien, bevor deine Menschen nach Hause kommen, ist es doch sehr unwahrscheinlich, dass du deine Spuren und die Beweise deines Treibens beseitigen kannst.

Musch Muschinski: Und ich sag noch: Kauft Vorhänge!

Kaschieren

Eine extrem wichtige Regel für Katzen lautet: Wir machen keine Fehler. Alles, was wir tun, war exakt so beabsichtigt!

Du springst vom Stuhl zum Fenstersims, hast dich aber leider bei der Entfernung verschätzt und knallst nun volle Wucht auf den Fußboden? Du kommst ins Zimmer gerast, gerätst auf dem Laminat ins Rutschen und bretterst mit dem Schädel gegen ein Tischbein? Schluck den Schmerz runter und zuck mit den Schultern. Vermittle: »Das lief bis ins kleinste Detail so, wie ich es geplant hatte, was glaubst denn du?« Vergiss nicht: Wir als Spezies sind viel zu stolz, als dass wir Fehleinschätzungen zugeben würden.

Kastration

Dieser Abschnitt ist für Kater. Katzen schlagen bitte ***Sterilisieren*** nach.

»Kastrieren« ... Das klingt doch zunächst einmal ganz harmlos, nach nichts, weswegen man sich groß Sorgen machen müsste. Oh, wie sehr man sich doch irren kann, denn die Wahrheit sieht völlig anders aus. Es geht hier um einen Vorgang, bei dem dir die Hoden entfernt werden (ja, genau, alle beiden). Ungefährlich? Keine Sorgen? Ha! Allerdings hat das Ganze auch seine Vorteile: Du wirst keine ungewünschten Kätzchen in die Welt setzen, es senkt dein Krebsrisiko und macht Prostataprobleme unwahrscheinlicher. Nicht so schön ist, dass sich dafür jemand mit einem scharfen, spitzen Gegenstand an deinen Genitalien zu schaffen macht.

Ich könnte dir Geschichten erzählen, du würdest es nicht glauben. Aber ich will ja nicht, dass du von zu Hause wegläufst. Als ob es nicht schlimm genug wäre, dass sich jemand an deinem Unterbau zu schaffen macht, ohne dass du deine schriftliche Einwilligung gegeben hast, hat das Kastrieren eine Konsequenz, die sogar noch beunruhigender ist. Halt dich fest: Damit du nicht an der Wunde herumlecken kannst, wirst du voraussichtlich den »Kragen der Schande« tragen müssen! Das ist oftmals eine noch schlimmere Sache als diese ganze Kastrationsangelegenheit an sich.

Was du nach der Operation tun solltest:

1. Ruh dich ordentlich aus
2. Arbeite an deinem Gesichtsausdruck, bis er vier Gefühle gleichzeitig signalisiert: Resignation, Verbitterung, Wut

und Groll. Das vermittelt deinen Menschen ordentlich Schuldgefühle und sie werden dich mit noch mehr Zuneigung überschütten. Und, was viel wichtiger ist, mit noch mehr Leckerlis

3. Schritt 2 solltest du bis zum Allerletzten ausreizen und zumindest so lange durchhalten, bis ihn dir dein Mensch beim allerbesten Willen nicht mehr abnimmt

Katzenschnack

Rufus: **Stimmt, ich bin gerade kastriert worden. Hat mich mein strahlendes Lächeln verraten?**

Katzenbetten – ein nützlicher Ratgeber

Vermutlich wird dir deine Menschenfamilie ein Katzenbett zur Verfügung gestellt haben. Aber es gibt viele unterschiedliche Modelle, deshalb ist es besonders wichtig, dass du auch das passende hast – und mit »passend« meine ich etwas Bequemes. Du willst ja nicht zum Gespött aller Katzen in der Nachbarschaft werden, oder?

In diesem Ratgeber beleuchte ich einige Pro und Kontras bestimmter Modelle.

Katzenhöhle

Das Wort »Höhle« ist kein Synonym für »bequem« und das gilt auch für dieses Katzenbett. Der Name verrät es ja: Wir haben es hier mit einer Art weichem höhlenartigen Gebilde zu tun, dessen Eingang recht klein ausfällt. Also aufgepasst: Dem Plus an Privatsphäre steht erhöhte Klaustrophobie-Gefahr gegenüber.

Katzeniglu

Eine Abwandlung der Katzenhöhle, die sämtliche Annehmlichkeiten bietet, die man von einem echten Iglu erwartet. Viele Hersteller kennen offenbar den Unterschied zwischen »kuschelig« und »beengt« nicht.

Wigwam-Katzenbett

Mussten Nordamerikas arme Ureinwohner nicht schon genug erdulden? Das Letzte, was dieses stolze Volk braucht, ist ja wohl eine Schlafstätte für Haustiere, die das Design und die Struktur ihrer traditionellen Unterkünfte kopiert. Um diese Betten solltest du allein schon aus Respekt einen Bogen machen.

Drei-in-eins-Bett

Nicht drei Katzen in einem Bett. Hier ist gemeint, dass man an dem Ding herumschiebt und zieht und das Ganze in eine Katzenhöhle verwandelt, in ein Katzenbett, in ein Katzensofa – und dass das Ding nichts davon richtig gut kann. (Das »Sofa« beispielsweise erweist sich als eine dreiseitige, mit Plüsch ausgelegte Box.) Dreimal so flexibel? Eher dreimal so unbequem.

Katzenwiege

Eine Art Hängematte, die an der Heizung befestigt wird. Grund dafür ist die irrige Annahme, dass du das ganz kuschelig und bequem finden wirst. Tatsächlich ähnelt das Ganze eher einer Art Sauna. Praktisch höchstens, wenn man buchstäblich im Schlaf ein paar Pfunde abnehmen will.

Katzenhütte

Ein großer, nackter, pelzbesetzter Würfel mit einem Loch als Ein- und Ausgang soll eine Hütte sein? Muss ich nicht verstehen, ich arbeite aber auch nicht im Marketing.

Katzen-Pod
In so etwas würde ich vielleicht schlafen, wäre ich Kommandant der ersten Katzen-Mission zum Mars. Aber das bin ich nicht. Ich wohne in einem schönen Haus am Stadtrand und ich will ein Bett, das das Kriterium »bequem« erfüllt und nicht »ultra-chic«, »Avantgarde« oder »Trendsetter«.

Ovales Katzenbett
Na also, geht doch! Ein standardmäßiges, mit Vlies (oder Schafsfellimitat) ausgelegtes Bett, das laut Beschreibung mein »bequemer und gemütlicher Zufluchtsort« sein will, egal ob ich »chille oder schlafe«. Mehr kann sich eine Katze nicht wünschen, oder?

Die Top 10 der besten Schlafplätze für Katzen (abgesehen vom eigenen Bett)
Wir sind Katzen und das heißt, dass wir da schlafen, wo wir verdammt noch mal wollen. Katzenbetten müssen kein echtes Bett sein, wir können überall im Haus schlafen. Und vergiss eines nicht: Je mehr sich die Menschen darüber aufregen, dass du ausgerechnet da schlafen musst, desto gemütlicher ist es für uns.

Ich habe unter meinen Katzenfreunden einige Nachforschungen angestellt und die nachfolgenden Orte erreichen die höchsten Punktzahlen, was Gemütlichkeit, Wärme und Nervfaktor angeht:

- auf einem Stapel frischer Wäsche
- auf einem Stapel wichtiger Dokumente
- auf einer Computertastatur/einem Drucker/einem Scanner

- zwischen Computertastatur und Monitor
- direkt vor einer Tür
- mitten im Türrahmen
- in der Schublade mit Unterwäsche
- im Katzenklo
- auf den Autoschlüsseln (während dein Mensch sie gerade sucht und deshalb panisch die ganze Wohnung auf den Kopf stellt)
- auf dem Kopf deines Menschen, während er schläft

Katzenschnack

Katzenbuckel

Wir haben so viele Wirbel, dass wir unseren Rücken so hoch und in einem solchen Winkel strecken können, dass die meisten olympischen Turner nur neidisch staunen. Das ist großartig, und zwar aus zwei Gründen (eigentlich sind es drei, wenn man »Angeberei« noch mitzählen will):

1. Nach einem ausgiebigen Schläfchen können wir uns auf diese Weise erstklassig dehnen
2. Wenn wir uns in Gefahr wähnen, können wir uns auf diese Weise riesengroß machen und möglichen Angreifern einen Schrecken einjagen

Ein Problem gibt es allerdings, wenn wir da so in voller Pracht stehen: Die Mäuse können unter uns durchlaufen.

Katzenklappe

Das Rad? Pah. Die Glühbirne, der Verbrennungsmotor? Och nö. Penicillin, das Internet, Comic Sans? Kannst du alles vergessen. Die beste Erfindung im Verlauf der Menschheitsgeschichte ist zweifelsohne die Katzenklappe.

Man kann sich kaum vorstellen, wie es in den Zeiten vor Erfindung der Katzenklappe gewesen sein muss. Wir waren damals voll und ganz vom Menschen abhängig. Wir mussten klagend maunzen, damit man uns ins Haus ließ. Ich weiß ja nicht, wie es dir geht, aber mir läuft es kalt den Rücken herunter, wenn ich nur an diese dunkle Zeit der Abhängigkeit denke. Was wir damals durchmachen mussten, kann man getrost als kriminell bezeichnen.

Und heute? Dank dieser einfachen Vorrichtung können wir ausgehen und zurückkehren, wie es uns gerade in den Sinn kommt. Und nicht nur das: Es gibt moderne Katzenklappen, die deinen Chip lesen oder einen kleinen Sender erkennen und nur dann aufgehen. Streuner oder andere zwielichtigen Katzengestalten aus der Nachbarschaft können also nicht ins Haus eindringen und dir dein Futter wegfressen oder mit deiner Lieblingsspielzeugmaus (du weißt schon, die mit dem Glöckchen) spielen.

Aber natürlich hat die Sache auch einen Haken – denn ganz genauso kannst du nicht einfach so in die Häuser anderer Katzen hereinspazieren, in ihren Futternapf schauen oder mit ihrem Spielzeug spielen … Naja, mal gewinnt man, mal verliert man.

Angeblich hat der berühmte Forschermensch Sir Isaac Newton die Katzenklappe erfunden. (Ich wollte es zuerst auch nicht glauben.) Aber wenn man die Wahl hat zwischen der Katzenklappe und den drei Gesetzen der Bewegung, muss man kein Genie sein, um zu erkennen, was wichtiger war. Viel wichtiger!

Katzenklo

Ob wir unser Geschäft in aller Öffentlichkeit verrichten? Sehen wir aus wie Barbaren?!

Für Hunde beginnt vor der Haustür eine einzige große Toilette, aber wir benutzen ein Tablett, das mit einer Art körnigem Zeugs gefüllt ist, das nicht nur Klein und Groß aufsaugt, sondern gleich auch noch den Geruch von kleinem und großem Geschäft. Das ist eine feine Sache und das Katzenklo trägt, solange wir es auf die vorgesehene Weise verwenden, viel zu einem harmonischen Zusammenleben von Katze und Mensch bei. Aber Katzenklo ist nicht gleich Katzenklo.

So unterscheidet sich Streu in seiner Qualität und in der Art und Weise, wie es sich anfühlt. Manches ähnelt feinem Sägemehl, anderes Streu sieht aus wie Kohle und fühlt sich ganz genauso an. Womöglich handelt es sich sogar um Kohle. Was die Menschen nicht immer bedenken: Du musst in dem Katzenklo sitzen. Hast du das Gefühl, das Streu ist zu rau oder zu klumpig, dann tu dir keinen Zwang an: Feg alles, was dich stört, auf den Fußboden und verrichte dein Geschäft direkt daneben. Du wirst schon sehen, wie erstaunlich schnell Menschen manchmal lernen können.

Die Do's und Don'ts der Katzenklos

- Don't: Nur weil dein Katzenklo eine Plastikwanne ist, heißt das nicht, das jeder Plastikbehälter ein Katzenklo ist. Vergiss das nicht, sonst wirst du ordentlich angeschrien.
- Don't: Ein Kinderspielplatz ist kein Katzenklo XXL. Bei Zuwiderhandlungen – siehe oben.
- Do: Achte darauf, dass das Katzenklo innerhalb des Raums ordnungsgemäß ausgerichtet ist. Es gibt auch so etwas wie Katzen-Feng Shui. Zu viel negative Energie führt zu Verstopfungen.

Katzenschnack

Minka: **Hey, etwas Privatsphäre bitte!**

- Do: Tu so, als wärst du am Strand. Das erhöht den Spaßfaktor des ganzen Vorgangs.
- Do: Achte darauf, dass niemand zusieht. Ein Toilettengang ist und bleibt kein Privatsache.
- Don't: Abwechslung ist manchmal überschätzt. Lass dir nicht bloß nicht in den Sinn kommen, die Küchenspüle als alternative Katzentoilette zu verwenden. Glaub mir, das lässt du besser bleiben.

Siehe auch Toiletten (Seite 161).

Katzenminze

Der wissenschaftliche Name dieser Pflanze lautet *Nepeta cataria*. Inoffiziell ist sie jedoch als das »Crack der Katzenwelt« bekannt. Menschen beschaffen uns gerne Spielzeug und Kratzbäume, die mit Katzenminze versehen sind, weil sie wissen, dass wir ganz verrückt danach sind. Es stimmt – Echte Katzenminze hat eine sehr starke Wirkung auf uns. Sie stimuliert die Lustrezeptoren im Gehirn und lässt uns durchdrehen. Wir springen herum, wälzen uns und sind schlichtweg in höchstem Maße aufgekratzt. Wenn du schon mal an Katzenminze gerochen hast, weißt du, was für ein fantastisches Gefühl das ist. Diese Hyperaktivität ist ja eine Zeit lang ganz schön und gut, doch sie hat auch ihre Schattenseite: Bei keiner anderen Droge erfolgt der Absturz so rasch und so hart wie bei Katzenminze.

Wie wirkt Katzenminze?

Nach dem Genuss von Katzenminze läuft dein ganzer Körper auf Hochtouren. Dein Herz schlägt schneller. Du miaust und schnurrst schneller. Du kannst Vögel und deinen Schwanz wirksamer jagen. Du kommst mit gerade einmal neun Stunden Schlaf aus. Du fühlst dich glücklich und aufgeregt, als würdest du in ein Zimmer kommen und da steht völlig unbewacht ein Brathühnchen.

Auf dieses Hoch folgt unvermeidlich der Absturz. Du wirst die Symptome erkennen, keine Sorge. Nach all der Euphorie fühlst du dich traurig und müde, oft wirst du dich auch wütend und nervös fühlen. Es ist so wie das Wissen, dass ein Termin beim Tierarzt bevorsteht – nur viel, viel schlimmer. Möglicherweise befällt dich auch Paranoia, beispielsweise, dass dieser riesige Kater aus der Nachbarschaft es auf dich abgesehen hat.

Die allergrößte Folge jedoch ist die, dass du einen sehr starken Drang verspüren wirst, erneut an Katzenminze zu schnuppern, damit du dich wieder so glücklich und aufgeregt fühlen kannst wie zuvor. Und schon geht der ganze Teufelskreis von vorne los.

Bist du abhängig von Katzenminze? Mit diesem Test findest du es heraus

1. Stört dein Katzenminze-Konsum deine Beziehungen zu anderen Katzen oder deinen Kätzchen? ☐ Ja ☐ Nein
2. Platzt du fast vor Vorfreude, wenn du weißt, du wirst gleich an Katzenminze schnuppern? ☐ Ja ☐ Nein
3. Glaubst du, diese Spatzen da auf der Wäscheleine tratschen über dich? ☐ Ja ☐ Nein
4. Wenn du keine Katzenminze hast, überkommt dich dann ein unkontrollierbarer Drang, an Katzenminze zu schnuppern? ☐ Ja ☐ Nein
5. Wenn es darum geht, ob und wie häufig du Katzenminze nimmst, hast du da jemals andere Katzen belogen oder ihnen die Aussage verweigert? ☐ Ja ☐ Nein
6. Leidest du unter einer ständig laufenden Nase oder hast du häufig Nasenbluten? ☐ Ja ☐ Nein
7. Hast du schon einmal versucht, deinen Katzenminze-Konsum zurückzufahren, konntest es aber nicht? ☐ Ja ☐ Nein
8. Bist du nervös und rastlos (für die von euch, die sich das Haus mit einem großen Hund teilen: Gemeint ist hier »mehr als sonst«)? ☐ Ja ☐ Nein
9. Hängst du, nur weil es dort Katzenminze geben könnte, an Orten oder mit Katzen

herum, um die du normalerweise einen großen Bogen machen würdest? ☐ Ja ☐ Nein

10. Wenn dir jemand einen Teller voll Hühnchen oder Truthahn-Katzenfutter hinstellt, denkst du da manchmal das Undenkbare: »Ich habe eigentlich gar keinen richtigen Hunger«? ☐ Ja ☐ Nein

Ergebnisse

Wenn du auch nur eine einzige Frage davon mit Ja beantwortet hast, bist du möglicherweise stark abhängig von Katzenminze. Sich einzugestehen, dass man ein Problem hat, ist der erste Schritt hin zur Besserung. Jetzt wirst du ernsthaft in dich gehen und absolut brutal ehrlich mit dir selbst sein müssen.

Katzenschnack

Bobby: Ich bin an die falschen Leute geraten. Schon bald brauchte ich sieben, acht Mal pro Tag Katzenminze. Glücklicherweise habe ich diese Sucht abschütteln können. Jetzt schnüffele ich nur noch ab und zu mal auf Partys.

Katzenpension

Das könnte dir blühen, wenn deine Menschen in den Urlaub fahren. Wahrscheinlich werden sie dir weismachen wollen, dass du in ein todschickes Hotel kommst. Zunächst klingt auch alles ganz nett, was sie dir erzählen: Man wird rund um die Uhr betreut, hat eine Minibar mit Leckereien und gut geschultes Personal steht bereit, dir jeden Wunsch von den Augen abzulesen. Leider sieht die Realität dann doch ein klein wenig anders aus. Für die Leute nämlich, die die Pension leiten, ist »Hotel« gleichbedeutend mit »Gefangenenlager«. Der Laden, wo du landest, wird es an Annehmlichkeiten, Charme und Komfort vermutlich gerade so mit Guantanamo Bay aufnehmen können.

Fünf Zeichen, dass du in einer echt schlechten Katzenpension bist

1. Sobald du den Laden siehst, willst du dich erbrechen und das hat nichts mit Haarballen zu tun
2. In deinem Bett sind Haare, und zwar nicht deine!
3. Im Zwinger gegenüber ist eine rollige Katze und die ganze Nacht stehen die Kater Schlange
4. Du kriegst die ganze Nacht kein Auge zu, weil es vom anderen Ende des Flurs klagend miaut: »Hilfe! Holt mich hier raus!«
5. Du gehst mit mehr Flöhen als du gekommen bist

Katzenphilosophie

Es ist wichtig, sich möglichst früh ein Lebensmotto zuzulegen, an das man sich hält. Diese »Lebenslektionen für eine Katze« entspringen dem Hirn samtpfotiger Philosophen, die deutlich klüger sind als ich. Auf den Menschen übertragen, könnte man hier vielleicht von einer Marx-Mieze oder einem Kant-Kater sprechen. Befolge diese Grundsätze und du wirst ein gutes und stressfreies Leben leben.

Drei immens wichtige Lebenslektionen für eine Katze

- Wenn es hart auf hart kommt, hau dich erst mal aufs Ohr
- Klappt es nicht auf Anhieb, hau dich erst mal aufs Ohr
- Ohne Fleiß kein … Ach, hau dich erst mal aufs Ohr

Katzenschauen

So ein Hund sieht ja immer ausgesprochen unwohl aus, wenn man ihn von Kopf bis Schwanzspitze schniegelt und striegelt und ihn dann auf einer Bühne herumführt. Wir Katzen dagegen sind für das Rampenlicht geboren: Wir bekommen Gelegenheit, herumzustolzieren und können im Applaus und der Bewunderung des Publikums baden, während gleichzeitig Preisrichter unsere Anmut, unseren Charme und unsere Eleganz benoten. Und die ganze Zeit über können wir überheblich und selbstgefällig dreinschauen. Hey, der Laufsteg heißt nicht umsonst auch Catwalk!

Bei Katzenschauen gibt es zwei Arten. Die eine ist für Profis (sprich, reinrassige Katzen), die andere für Amateure (sprich, Miezekatzen).

Drei Dinge, an denen du eine professionelle Katzenschau erkennst:

1. Die Preisrichter nehmen sich selbst extreeeeem wichtig, also wirklich extrem. Hallo?! Ihr bewertet hier Katzen, es geht nicht um die Verleihung des Nobelpreises
2. Es gibt für dich nichts zu holen, wenn du dich nur wie eine einfache Katze aufführst (also miaust, mit dem Schwanz herumfuchtelst oder ausgiebig deine Milbenstiche kratzt)
3. Vor und während der Schau führen sich deine Menschen auf wie reinrassige Siamkatzen – zicken die ganze Zeit herum und sind nur am Fauchen

Drei Dinge, an denen du eine Amateur-Katzenschau erkennst:

1. Die Kategorien lauten unter anderem »Süßestes Kätzchen« und »Flauschigster Schwanz«
2. Wenn du im Ring pinkeln musst, werden die Leute lachen und nicht erschrocken tief Luft holen
3. Keine Hoden zu haben, gilt hier nicht als Handicap (zumindest nicht bei den Preisrichtern)

Fünf Tipps, wie du auf dem Catwalk groß auftrumpfst:

1. Zunächst einmal eine Warnung: Ein seidig glänzendes Fell reicht nicht, du brauchst auch ein dickes Fell. Und es ist genau wie bei den Schönheitswettbewerben der Menschen – auch hier wirst du es höchstwahrscheinlich mit Konkurrenz zu tun bekommen, die dir am liebsten die Augen auskratzen würde

2. Am Tag vor dem Wettbewerb solltest du ausreichend schlafen. Die üblichen 12 bis 16 Stunden reichen nicht, 18 sollten es schon sein
3. Vergiss nicht, sämtliche »Geschäfte« vor der Schau zu erledigen. Dieser Ratschlag wird Gold wert sein, vertrau mir
4. Lass dich nicht davon herunterziehen, wenn diese hochmütige Birma-Katze vor Selbstvertrauen zu platzen scheint oder diese Perserkätzchen einfach umwerfend niedlich aussehen. Viel zu schnell geht man mit dem eigenen Aussehen zu hart ins Gericht (ihr Sphinx-Katzen da draußen wisst genau, wovon ich rede)
5. Geht dir ein Preisrichter oder eine andere Katze auf die Nerven (hey, wir reden hier von einer Katzenschau, da wird das wohl kaum ausbleiben), halte die andere Wange hin. Nachdem du gewonnen hast, bleibt noch mehr als genug Zeit, Rechnungen zu begleichen

Katzenschnack

***Cupcake:* Mein Rat, wie man auf einer Katzenschau abräumt? Dein Gang sollte immer das gewisse Etwas haben.**

Katzenturm

Heißen auch Katzenbäume. Sehen wie eine verrückte Erfindung von William Heath Robinson aus. Angeblich handelt es sich bei diesen Dingern mit ihren Pfosten, Plattformen und Hochsitzen um »Aktivitätszentren für Katzen«. Hey, Leute, wir stammen nicht vom Kanarienvogel ab, sondern sind eng mit Löwe und Puma verwandt!

Katzenschnack

Die Menschen schleppen diese Höllenmaschinen in der irrigen Annahme an, dass wir ein Mordsvergnügen daran hätten, darauf herumzuklettern, zu spielen und zu entspannen. Ist dem so? Kein Stück. Da spielen wir doch lieber in einer Spüle voller Wasser als auf einem Katzenturm.

Es gibt diese Geräte in einer Vielzahl von Varianten und man kann dafür richtig viel Geld bezahlen. Dein Mensch geht dabei nach dem Motto vor: »Je teurer der Katzenturm, desto mehr Spaß wird meine Katze damit haben.«

Irrtum. Je teurer der Katzenturm, desto mehr Spaß werden wir damit haben, ihn zu ignorieren.

Kauen

Wer an ungenießbaren Gegenständen herumkaut, führt sich auf wie ein ungehobelter Barbar, dem sämtliche Manieren abgehen. Deshalb beobachtet man dieses Verhalten auch häufiger bei Hunden als bei Katzen. Allerdings muss man auch einräumen: Katzen kauen in der Tat an Dingen herum, die den Menschen gehören.

Kätzchen kauen, um die Schmerzen zu besänftigen, die sie plagen, wenn sie ihre Zähne bekommen. Sie sind entschuldigt. Bei uns dagegen reichen die Gründe von Angst über Einsamkeit bis hin zu Langeweile oder sie sind ein stummer Schrei nach Aufmerksamkeit. Unabhängig davon, was der eigentliche Grund ist – wir schieben uns wahllos etwas in den Mund. Überkommt uns der Drang, kauen wir am nächstbesten Objekt in unserer Reichweite herum, egal, was es ist. So einfach ist das.

Ach, komm schon. Das hast du doch nicht ernsthaft geglaubt, oder?

Natürlich entscheiden wir, worauf wir herumkauen und worauf nicht. Die Auswahl zu treffen ist doch schon der halbe Spaß, nicht? Dahinter steckt eine altbewährte Formel, bei der »AB« für das Ausmaß an Befriedigung steht, »KD« für die Kaudauer, »U« die Ungezogenheit und »EG« für die Erstickungsgefahr.

$$AB = \frac{KD \times U^2}{EG}$$

Ein Beispiel: Wenn du die Auswahl hast zwischen dem Bein eines schönen Holzstuhls oder einer alten Decke, entscheidest du dich selbstverständlich für das Stuhlbein. Genauso einfach ist die Entscheidung, wenn du vor deiner Nase die nagelneuen und sündhaft teuren Lederstiefel deines Menschen und ein Kissen hast.

In den meisten Haushalten gibt es eine ganze Menge an brauchbaren Kaugegenständen, von denen jeder seine eigenen Vor- und Nachteile aufweist.

Achtung: Im folgenden Leitfaden wird bei fast jedem Punkt als Nachteil stehen, dass man dich anschreit und/oder mit einer Wasserpistole beschießt.

Mein Leitfaden für kaubare Gegenstände

Topfpflanzen

Pro: Saftig, interessante Beschaffenheit und ein ausgesprochen wohlklingendes Knacken, wenn man darauf herumkaut
Kontra: Einige Pflanzen sind giftig für Katzen. So angenehm es sein mag, an Stubenpflanzen herumzukauen, solltest du das doch gegen die Möglichkeit abwägen, ein Nierenversagen zu erleiden

Stuhlbeine

Pro: Schönes knackendes Geräusch, in manchen Fällen ein herrlicher Lackgeschmack – quasi Holz mit Soße

Kontra: Eigentlich keine. Allerdings solltest du dir sicher sein, dass es auch tatsächlich ein Holzbein ist. Bei metallenen Beinen fällt der Genuss dann doch deutlich geringer aus

Stromleitungen

Pro: Wie beim Angriff auf eine gefährliche Schlange – ein Gefühl der Überlegenheit

Kontra: Wie beim Angriff auf eine gefährliche Schlange – ein hohes Risiko zu sterben

Handy-Ladekabel

Pro: Wehrt sich nicht

Kontra: Lässt sich zu einfach durchbeißen. Das Vergnügen ist nur von sehr kurzer Dauer

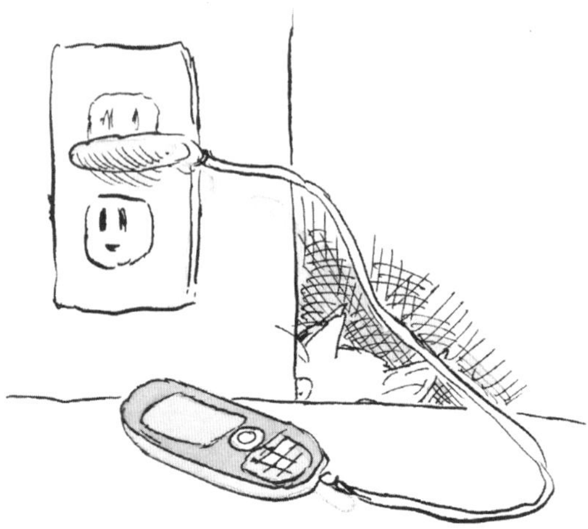

Katzenschnack

Zeitungen
Pro: Sehr angenehmes Reißgeräusch und die Möglichkeit, Konfetti herzustellen
Kontra: Zeitungen lassen sich so schnell zerkauen, dass der Spaß leider nur allzu schnell verfliegt

Geldbörsen
Pro: Die Struktur und der Geruch von Leder, das ach so sanfte Knacken der Kreditkarten, der Geschmack von Papiergeld. Eigentlich rundum perfekt

Kontra: Sehr hohe Wahrscheinlichkeit, dass dir jemand die Worte »Böse Katze« in einer Lautstärke ins Ohr brüllt, wie du sie zuvor noch nie gehört hast

Bücher
Pro: Alte Bücher haben so ein angenehm modrigen Geruch, an dem man sich wahrlich erfreuen kann, während man den Schutzumschlag abreißt und anfängt, sich über die Seiten herzumachen
Kontra: Böse Papierschnittwunden

Siehe auch ***Schuhe*** (Seite 139).

Klaviere

Wir Katzen kennen viele Wege, uns kreativ auszudrücken: Wir können mit schlammigen Pfoten über saubere Betten tapsen oder Muster in hölzerne Tischbeine kratzen. Über die Tasten eines Klaviers zu laufen, ist auch eine gute Möglichkeit. Dass wir dabei ein durchdachtes musikalisches Werk abliefern, wissen die meisten Menschen nicht zu schätzen. Aber wir müssen uns einfach damit trösten, dass auch Johann Sebastian Bach zu Lebzeiten von seinen Mitmenschen nicht als Komponist geschätzt wurde. Die Menschen meinen, wir würden einfach nur wahllos über die Tasten laufen und so eine wirre und schrille Kakofonie erzeugen. Offenbar verwechseln die uns mit Scooter.

Katzenschnack

Katzmaninow: **Ein Drei-Oktaven-Sprung innerhalb eines einzigen Takts? Ist das dein Ernst? Keine einfache Sache, wenn man nur eine Reichweite von 20 Zentimetern hat.**

Siehe auch *Schlafplatz des Menschen* (Seite 134)

Klettergerüst

Die gibt es in zwei Arten. Die eine Art Klettergerüst ist aus hellem Metall und steht in großen Gärten. Junge Menschen spielen gerne damit. Die zweite Art dagegen ist viel besser. Dieses Klettergerüst findest du meistens drinnen und du kannst dich viel besser daran festkrallen. Sein Name? Mensch.

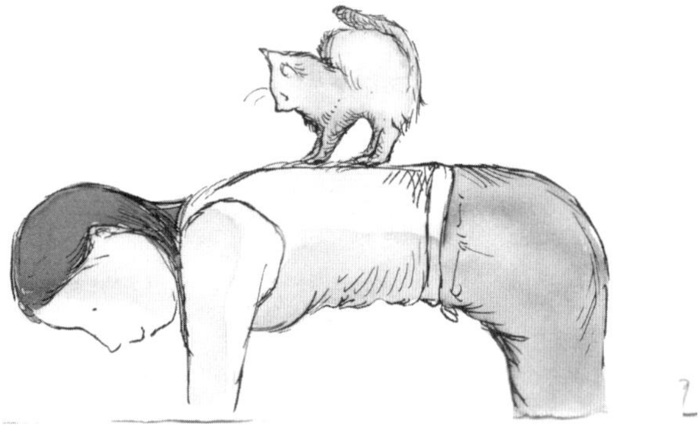

Wenn sich deine Menschen bücken, um etwas aufzuheben, springst du ihnen einfach auf den Rücken und arbeitest dich von dort zu den Schultern vor. Und wenn sie sich nicht bücken, dann nimmst du einfach den etwas längeren Weg, indem du ihnen die Beine hochkletterst. Sollten sie gerade keine langen Hosen tragen, lass dich davon nicht abschrecken – dank deiner Krallen findest du trotzdem ausreichend Halt.

Knöchel

Das Gelenk, das den Fuß eines Menschen mit seinem Bein verbindet. Für die Menschen ist der Knöchel sehr nützlich, denn er hilft ihnen, den Fuß zur Seite und auf und ab zu bewegen. Für uns ist der Knöchel sehr nützlich, weil man prima daran kratzen kann, um auf sich aufmerksam zu machen.

König-der-Löwen-Pose

Disney hat mittlerweile schon so einiges auf dem Kerbholz. Ich rede nicht von der Art und Weise, wie klischeehaft Katzen in einigen Filmen dargestellt wurden – diese unheimlichen Siamkatzen in *Susi und Strolch* oder die ausgebuffte Gossenkatze in *Aristocats* –, denn hier imitiert die Kunst bloß das Leben. Nein, das allerschlimmste, was die bei Disney uns angetan haben, ist *Der König der Löwen.*

Menschen können offenbar nicht zwischen Hauskatzen und Löwen unterscheiden. Es scheint ihnen einen Mordsspaß zu bereiten, uns hoch in die Luft zu halten und völlig schief *The Circle of Life* zu singen.

Höchste Alarmstufe für dich gilt, wenn man dich in deinem Umfeld Simba nennt oder anfängt, auf Zulu zu singen. Oder beides.

Kopf in ein Buch stecken

Wenn die Menschen sich nicht gerade in den sozialen Medien herumtreiben und sich dort lustige Katzenvideos ansehen, anstatt mit einer echten Katze (also dir) zu spielen, greifen einige von ihnen auch schon mal zu einem Buch. Dann ist deine Gelegenheit gekommen, ihre Aufmerk-

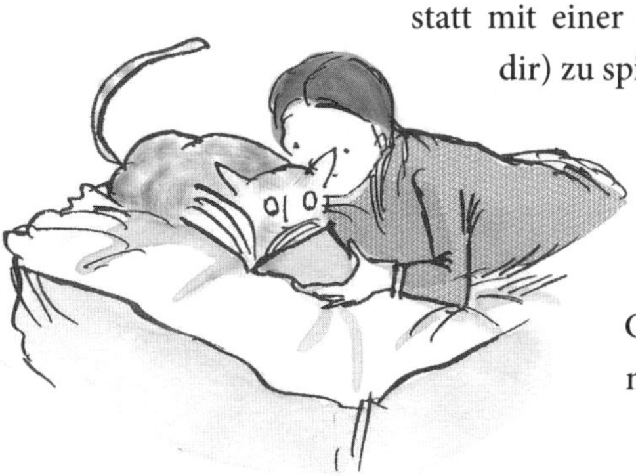

samkeit auf dich zu ziehen. Drängle dich zwischen Mensch und Buch und reib Nase und Gesicht ausgiebig an den Seiten. Normalerweise kommt diese Botschaft sehr rasch an und der Mensch wird das Buch beiseitelegen, um dir die wohlverdiente Aufmerksamkeit zu widmen.

Kopf- und Halstücher

Katzenmode, die nicht jeder tragen kann. Wenn man es richtig macht, sieht man cool aus, gemein, wie ein Rebell oder ein Mitglied einer richtig bösen Katzengang, etwa den »Harten Ka-

Katzenschnack

Gauner: **Niemand legt sich mit den »Jones Street Muschis« an … Hmm, bei genauerer Betrachtung ist das vielleicht doch kein so perfekter Name für eine toughe Gang.**

tern« oder den »Miesen Mausern«. Kriegt man die Kurve allerdings nicht, sieht man aus, als hätte einem jemand eine Serviette ins Halsband gestopft. Der Look wäre dann weniger »böses Gang-Mitglied«, sondern eher »hat keine Tischmanieren«.

Krallen

Es gibt vier wichtige Gründe, weshalb wir Katzen wirklich scharfe Krallen haben. Kennst du sie alle?

1. Damit wir auf etwas klettern können
2. Damit wir Beute fangen und festhalten können
3. Damit wir uns gegen Angreifer zur Wehr setzen können
4. Damit wir unserem Menschen sehr schnell die Botschaft zukommen lassen können, dass es jetzt gut ist mit Bauchstreicheln

Kratzbaum

Höchstwahrscheinlich hast du schon so ein Ding in deinem Zuhause stehen – ein kurzer, dicker Pfosten mit einem stabilen Fuß, bezogen mit einem groben Stoff. Was dir dein Mensch damit zu sagen versucht: Wenn du deine Krallen an einem alten Stück Teppich oder rauem Garn wetzt, dann macht das mindestens genauso viel Spaß wie an einem Stuhl oder an der Couch.

Die Sache hat nur einen Haken: Es ist gelogen.

Micky: Kratzbaum, Stuhl – eines wie's andere.

Kühlerhaube

Es muss nicht zwingend ein Jaguar sein, auch kein Ford Puma oder ein anderes Fahrzeug mit Katzenbezug im Namen: Wenn es um die besten Schlafgelegenheiten geht, kann kaum etwas mit der Kühlerhaube eines Autos mithalten. Aber ganz so einfach ist die Sache wiederum auch nicht. Es gilt, sich an bestimmte Regeln zu halten, um in den Genuss eines zufriedenstellenden und kuschligen Schlaferlebnisses zu kommen.

Regel 1: Für den größtmöglichen Komfort suchst du dir eine Kühlerhaube, die warm ist
Regel 2: Für die größtmögliche Sicherheit suchst du dir ein Auto, das gerade nicht fährt

Kühlschrank

Die Menschen haben ein Buch, das *Der König von Narnia* heißt oder auch *Die Abenteuer im Wandschrank oder: Der Löwe und die Hexe*. Dieses Buch ist für uns Katzen von großer Bedeutung. Es geht schon damit los, dass der Löwe biologisch gesehen unser Verwandter ist. Dann sind wir als getreue Begleiter von Hexen bekannt. Und was den Wandschrank angeht: Auch wir können Türen öffnen und in eine ganz besondere, magische Welt eintreten. In diesem Fall spreche ich allerdings nicht von einem Wandschrank, sondern von dem großen weißen Ding in der Küche namens Kühlschrank. Die Welt, die sich einem beim Öffnen der Tür auftut, ist eine Welt des Futters.

Katzenschnack

Garfield: **Wenn sich die Kühlschranktür öffnet, ergreife die Gelegenheit beim Schopfe – vor allem aber ergreife die Würste!**

Für mich hat es etwas geradezu Spirituelles, wenn dein Mensch die Kühlschranktür öffnet. Begleitet wird das Öffnen von einem himmlischen Leuchten und dem sanften Miauen eines Chors aus Engelskatzen. Okay, bei den Engeln habe ich etwas übertrieben, aber das helle Licht ist tatsächlich da und beleuchtet gekochtes Hühnchen, Truthahnbrüste, Würste, Schinken, Thunfisch, Lachs, Sardinen und zig weitere köstliche Schmausereien.

Im Laufe des Tages öffnet sich die Kühlschranktür viele Male, meistens aber nur, damit deine Menschen langweiligen Krams herausholen können, Milch, Limo oder einen Saft. Für sie ist es eine Gelegenheit, etwas gegen ihren Durst zu tun. Du hingegen musst es als Chance sehen, in dieses sagenumwobene andere Land zu entfliehen.

Küssen

Menschen! Glauben doch tatsächlich, dass es unsere Art zu küssen ist, wenn wir Mund und Nase an ihrem Gesicht reiben. Ha, diese leichtgläubigen Narren!

Meistens machen wir das nämlich nur, weil sie irgendwelche leckeren Speisereste im Gesicht haben, Soße vielleicht oder Panade, Ketchup oder ein Bröckchen Fisch. Solange sie denken, dass es ein Zeichen der Zuneigung ist und dass es uns nicht nur darum geht, diesen furchtbar interessant riechenden Rest Zahnpasta mit Pfefferminzgeschmack zu erwischen, bekommen wir weiterhin Leckerlis.

Lassen wir sie ruhig in ihrem Irrglauben.

Katzenschnack

Laserpointer

Ein billiger Laserpointer und eine flache Oberfläche reichen aus und ehe du dich's versiehst, wirst du gebannt einem tanzenden roten Punkt hinterherstarren. Das verflixte Ding hüpft von Pfote zu Pfote und du kriegst es nicht zu packen, selbst wenn du ihm durchs ganze Zimmer und die Vorhänge hinauf hinterherjagst.

Laser wurden in den späten 1950er-Jahren erfunden und haben viele Bereiche des menschlichen Lebens verändert. Sie werden in der Astronomie eingesetzt, in der Unterhaltungsbranche, der Medizin, vom Militär, in der Unterhaltungselektronik – und nun offenbar auch dazu, um Katzen zu schikanieren.

Launisch sein

»Die einzige Konstante im Universum ist die Veränderung«, sagte Heraklit. Nein, das ist nicht der Chinchilla aus Hausnummer 13, ich rede hier vom vorsokratischen griechischen Philosophen.

Für eine Katze ist es wichtig, ihrem Menschen zu verdeutlichen, wie wichtig Veränderungen sind. Es geht nicht darum, ihnen aufzeigen, wie gefährlich es ist, in Selbstgefälligkeit zu verfallen. Es geht vielmehr darum, dass es so unglaublich viel Spaß macht.

Launen können auf vielerlei Art und Weise zum Vorschein kommen, aber am allereinfachsten ist es wahrscheinlich beim Thema Essen. Es wird der Tag kommen, da wird euer Mensch eine neue Futtermarke oder eine neue Geschmacksrichtung ausprobieren. Solange es ein herkömmliches Katzenfutter ist, wirst du es schon mögen, aber das ist nicht der Punkt …

Wie sollte meine Reaktion aussehen, wenn ich ganz neues Futter bekomme:

Tag	Reaktion
Montag	Ich liebe es
Dienstag	Ich liebe es
Mittwoch	Ich liebe es
Donnerstag	Ich liebe es
Freitag	Ich liebe es
Samstag	Ich liebe es
Sonntag	Ich hasse es

Mäuse

Die kleinen Nager sind die perfekte Kombination aus den beiden Dingen, die wir Katzen am liebsten haben – Spielzeug und Essen –, noch dazu in einer handlichen, ansprechenden Verpackung. Sei es im mittelalterlichen Getreidesilo oder bei *Tom & Jerry* im Zeichentrick – Katzen und Mäuse sind seit jeher Widersacher wie … Äh, wie Hund und Katze. Mäuse sind ein wesentlicher Bestandteil des Katzenlebens und es gibt drei Gründe, weshalb wir sie fangen, mit den Pfoten hin- und herschubsen und sie erst dann töten, wenn uns danach ist:

1. als Training,
2. um sie zu fressen,
3. weil wir es können.

Mäusejagd – häufig gestellte Fragen:

Sind Mäuse wirklich so leicht zu töten?

Sie sind klein und können nicht fliegen. Auf den ersten Blick könnte man also tatsächlich meinen, dass sie leichte Beute seien, aber vergiss bitte eines nicht: Wenn du eine Maus in die Ecke treibst, hat sie nichts mehr zu verlieren (außer ihrem Leben natürlich), deshalb wird sie sich möglicherweise sehr vehement zur Wehr setzen. Für derart kleine Kreaturen verfügen sie über ausgesprochen scharfe Krallen und diese großen Vorderzähne können höllisch wehtun. Was ich damit sagen will: Unterschätze niemals deinen Gegner. (Ich würde nun aber auch nicht gerade behaupten, dass du ihn respektieren sollst. Ich meine – hey, wir reden hier schließlich über Mäuse!)

Muss ich unbedingt mit der Maus spielen, bevor ich sie töten kann?

Ja. Es ist wichtig, die Maus ordentlich herumzuschubsen und sie auszulaugen, bevor du ihr den finalen Todesstoß verpasst. Wenn du diesen Teil überspringst, hast du es mit einer Maus zu tun, die mit aller Kraft um ihr Leben kämpft. Sie wird sich zur Wehr setzen oder – schlimmer noch – sie wird fliehen. Und diese Peinlichkeit und Blöße zugeben zu müssen, dass einem eine in die

Katzenschnack

Ecke getriebene Maus durch die Pfoten gegangen ist, willst du dir ja wohl kaum antun, oder? Wenn sich so etwas herumspricht, wirst du auf ewig bekannt sein als »Ach, *die* Katze …«.

Und muss ich sie auch fressen, nachdem ich sie getötet habe?
Nein, das ist nicht erforderlich. Das Beste an der ganzen Angelegenheit ist häufig die Jagd. Mäusefleisch zu fressen ist dabei nur das Sahnehäubchen. Nur dass es natürlich keine Sahne ist, sondern ein toter Nager.

Zeugt es von guten Benehmen, meinem Menschen eine tote Maus auf die Türschwelle zu legen?
Ja. Noch besser ist es, sie unter oder auf seinem Bett zu platzieren – und am allerbesten im Bett.

Sollte ich den Schwanz mitessen? Ich habe gehört, er ist wie Spaghetti.
Das kann ich so nicht bestätigen.

Siehe auch *Trophäen* (Seite 167).

Menschen

Alte Menschen

Ich spreche hier von Menschen, die nach Katzenjahren gerechnet zehn oder älter sind. Es hat Vor- und Nachteile, so jemanden als seinen Menschen zu haben.

Vorteil: Sie verwöhnen uns nach Strich und Faden

Nachteil: Sie pupsen, aber wir kriegen die Schuld!

Junge Menschen

Heißen auch Kinder. Sie sind beim Menschen das, was bei uns die Kätzchen sind. Sich mit ihnen das Heim zu teilen, hat eine ganze Menge Nachteile, aber auch einen gewaltigen Vorteil.

Nachteile

- Sie drücken uns zu fest
- Sie streicheln uns, während wir versuchen, etwas zu fressen
- Sie streicheln uns gegen den Strich!
- Sie ziehen uns am Schwanz
- Sie fauchen und miauen zurück, und zwar laut!

- Sie spielen mit unserem Spielzeug
- Sie sitzen auf unseren sorgsam angewärmten Stellen!
- Sie versuchen, uns auf den Rücken zu klettern, und rufen dann: »Hüa! Hüa!«

Vorteil

- Hunger wirst du nicht kennen. Ihre Hand-Augen-Koordination ist grässlich und ständig fällt ihnen etwas Essbares auf den Boden

Menschen wecken

Vielleicht hast du Hunger, vielleicht ist dir kalt, vielleicht ist dir auch schlicht danach, gerade jetzt in diesem Augenblick deinen Menschen zu wecken. Der eigentliche Grund tut überhaupt nichts zur Sache. Wichtig ist nur, dass du die Vielzahl der Möglichkeiten kennst, wie du deinen Menschen wecken kannst. Natürlich kannst du, wenn sich eine Methode bewährt hat, auch dabei bleiben, allerdings läufst du dann Gefahr, dass dein Mensch irgendwann immun dagegen wird. (Okay, es ist nur schwer vorstellbar, dass irgendjemand selig weiterschnarcht, während du wenige Zentimeter neben dem Ohr sitzt und heulst wie ein Schlossgespenst, aber man soll ja niemals nie sagen.) Hier sind einige Vorschläge, die du ausprobieren kannst.

Die 15 effektivsten Methoden, deinen Menschen aus seinem tiefen, erholsamen Schlaf zu reißen

1. Du kratzt an der Seite des Bettes, Stuhls oder Sofas. Und kratzt. Und kratzt
2. Du legst dich auf dem Rücken unter das Bett und ziehst dich dann langsam mit den Krallen voran
3. Du ziehst deine Krallen gaaaanz langsam und schön quietschend am Spiegel des Kleiderschranks entlang
4. Postiere dich fünf Zentimeter von seinem Ohr entfernt. Du fängst mit einem sanften Miauen an und steigerst dich dann zu Hexengeheul
5. Trampel ihm mit deinen Pfoten auf dem Gesicht deines Menschen herum
6. Leck ihm energisch Nase, Ohren oder Lippen mit der rauen Zunge
7. Unternimm einen gemütlichen Spaziergang über seinen Körper
8. Such dir ein in der Nähe stehendes Möbel oder eine Oberfläche, von wo aus du deinem Menschen direkt auf Bauch oder Rücken springst
9. Drehe Runde um Runde auf der Bettdecke
10. Stups ihn wiederholt mit der Pfote am Kinn an (das ist nur sehr sanft – und macht deswegen überhaupt keinen Spaß)
11. Halt deinen Hintern vor seine Nase (funktioniert nur, wenn er nicht gerade erkältet ist)
12. Setz dich auf seine Brust und starre ihn an

13. Lupf sein Augenlid, um zu kontrollieren, ob er tatsächlich schläft oder nur so tut
14. Schlüpf unter die Decke und kämpfe dich von unten nach oben durch. Damit du ordentlich vorankommst, arbeite an Bettwäsche und Mensch mit den Krallen
15. Du setzt dich auf den Nachttisch und fegst systematisch alles, was darauf steht und liegt, ein Stück nach dem anderen auf den Boden – die Uhr, die Ohrringe, die Geldbörse, Kleingeld, Papiere und was du da sonst noch findest

Wenn sonst gar nichts hilft

Kratzen geht immer. (Dass sie hellwach sind, erkennst du an dem Ruf: »Nicht das Gesicht! Nicht das Gesicht!«)

Siehe auch *Blase* (Seite 28).

Menschliche Zuneigungsbekundungen (MZB)

Vermittele den Menschen bloß nicht das Gefühl, sie könnten dich einfach nach Lust und Laune streicheln, nur weil ihnen gerade danach ist. Natürlich kann es sehr nett sein, wenn du zufällig neben ihnen auf dem Sofa sitzt, aber wenn du zu schnell nachgibst, kommen sie noch auf die Idee, du würdest Streicheleinheiten »brauchen«. Dann glauben sie, sie hätten in eurer Beziehung das Sagen, schließlich seien sie ja dafür zuständig, die Streicheleinheiten zu verteilen. Du bist eine Katze und das heißt: Du bestimmst, *wann* und *wo* du Zuneigungen bekommst. Das vermittelst du deinen Menschen, indem du dich wehrst oder sie notfalls sogar anfauchst. Sie müssen lernen, wann die richtige Zeit gekommen ist.

Vergiss nicht: Kopfkraulen, Rückenstreicheln und Bauchkitzeln gibt es nur zu deinen Bedingungen!

Siehe auch *Fünf-Sekunden-Regel* (Seite 51).

Miauen

Bei der Kommunikation mit Menschen ist es wichtig, dass sie die Nuancen der Katzensprache begreifen. Bis es so weit ist und sie nicht nur wissen, was wir mit einem Miauen oder Heulen meinen, sondern auch die Unterschiede in Tonhöhe und Tempo zu deuten wissen, ist viel Arbeit erforderlich. Den Menschen verlangt es sehr viel geistige Leistung ab, derartige

Feinheiten überblicken zu können, insofern ist es wichtig, unsere Botschaft immer gleichbleibend zu vermitteln. So lernen sie am schnellsten, was wir ihnen sagen wollen.

Es gibt da sehr viel, was man sich merken muss. Um die Kommunikation zwischen den Arten zu erleichtern, habe ich mir einige Notizen gemacht.

Werde schlau aus dem Miau – eine kleine Einführung in die Kommunikation von Katzen

Geräusch	**Wann verwendest du es?**	**Übersetzung in Menschensprache**
Schnurren	Du bist zufrieden, willst aber statt Zufriedenheit lieber Zwiespältigkeit vermitteln	Pffft/Egal/Na ja
Miauen (mittlere Tonhöhe)	Allzweckgeräusch, wenn du etwas willst	Gib mir was zu fressen/ Lass mich rein/Lass mich raus/Gib mir noch mehr zu fressen
Zirpen und Zwitschern (kurze, höherlagige Geräusche irgendwo zwischen einem Schnurren und einem Miauen)	Wenn du Aufmerksamkeit haben willst	Sieh mich an! Sieh mich an! Sieh mich an! Sieh mich an! Du sollst mich *jetzt* ansehen, nicht erst in fünf Sekunden!

Geräusch	Wann verwendest du es?	Übersetzung in Menschensprache
Trillern	Wenn etwas deine Neugier geweckt hat	Hä?
Heulen wie ein Menschenkind	Wenn du etwas/jemanden willst	Verdammte Kiste, kommst du jetzt endlich!
Jaulen (kurzes, scharfes Jaulen)	Du bist rollig und hättest gerne männliche Gesellschaft	Hallöchen, Popöchen! Wir beide nehmen jetzt ein Piccolöchen, was sagst du?
Miauen (tiefe Tonlage)	Du bist unglücklich oder hast Kummer	Was ist denn diese neue Thunfischsorte für ein Dreck? Weg damit, und zwar auf der Stelle!
Miauen (hohe Tonlage)	Du erleidest einen plötzlichen Schmerz	Du stehst auf meinem Schwanz, du Idiot!
Miauuuuen (lang gezogen)	Etwas ärgert dich oder du bist mit etwas nicht einverstanden	Was zur …?!
Knurren	Wenn du dein Revier verteidigst	Verschwinde!
Fauchen	Gleich verteilst du ein paar mit der Pfote oder schmerzhafte Bisse	Komm doch, wenn du meinst, du überlebst das
Klagen	Wenn dir etwas Heidenangst einjagt	Oh Gott, ein Staubsauger!
Heulen	Wenn du gestresst, verwirrt oder verängstigt bist	Hiiiiilfe!

Wichtiger Hinweis: Stell dich auf folgende Reaktion deines Menschen ein, wann immer du ein Geräusch machst

Du: Miau … Miau … Miau … Miau.

Mensch: Jaja, schon gut. Ich weiß, ich weiß …

Mikrochips

Vielleicht wurde auch dir einer unter der Haut eingepflanzt, als du noch ein kleines Kätzchen warst. Und wenn ich »eingepflanzt« sage, meine ich, dass dir jemand mit einer langen Nadel unter die Haut zwischen den Schulterblättern gestochen hat. Nachdem der Chip erst einmal drin war, kannst du die ganze Angelegenheit vergessen. Das Gute an den Mikrochips ist: Solltest du einmal als obdachlose Katze aufgegriffen werden, kann man in einem Tierheim oder bei einem Tierarzt den Chip auslesen und dich zu deinem Menschen nach Hause bringen. Das Negative an den Mikrochips: Du willst eine Art Katzen-Jason-Bourne sein und komplett vom Radar verschwinden? Mit den Chips kannst du das vergessen.

So hat alles seine Vor- und Nachteile.

Mitternachtslauf

Es ist Mitternacht. Alles schläft tief und fest und von draußen ist nichts zu hören außer dem sanften Rascheln einiger Blätter im Nachtwind. Jetzt ist dein großer Augenblick gekommen: Jetzt musst du, so schnell du nur kannst, von einem Ende deines Zuhauses zum anderen rennen und dabei so viel Krach wie nur möglich machen.

Die Menschen hassen uns deswegen, aber am Ende des Tages (in diesem Fall buchstäblich) ist es eigentlich ihre Schuld. Wir sind gezähmt, wir sind Haustiere. Das bedeutet, wir können den Großteil des Tages schlafen und uns sicher sein, dass sich kein Habicht und auch kein Fuchs an uns heranschleichen wird, während wir auf dem Sofa fläzen. Das aber bedeutet, dass du putzmunter bist und dich der Hafer sticht, wenn dein Mensch tief und fest vor sich hin schnarcht. Wie von der Tarantel gestochen durch die Wohnung zu toben, ist eine erstklassige Methode, seine überschüssige Energie abzuarbeiten. Und wenn ich »erstklassig« sage, meine ich »erstklassig dafür geeignet, anderen auf die Nerven zu gehen«.

Zehn Dinge, die du während deines Mitternachtslaufs tun kannst

1. Sprinte von der Hintertür zur Haustür – und zurück
2. Noch einmal von vorne
3. Spring auf die Küchentheke
4. Wirf Gläser und Flaschen zu Boden
5. Spring wieder nach unten
6. Renne in den Flur, wo du auf eine eingebildete Maus springst

7. Ras von der Haustür zur Hintertür
8. Wiederhole Nummer 6
9. Wiederhole Nummer 7
10. Wiederhole Nummer 6

Katzenschnack

Namen

Die Namen, die die Menschen uns Samtpfoten verpassen, lassen sich grob in fünf Kategorien unterteilen:

1. echt nett
2. auf unser Aussehen bezogen
3. übertrieben nobel
4. humorige Anspielungen auf (vermeintliche) Prominenz
5. einfach nur schräg

Es ist alles bester Ordnung, wenn dein Name hervorragend zu deinem Charakter, deinem Aussehen oder deiner Abstammung passt und du Smiley, Flauschi oder Randolph heißt. Pro-

Katzenschnack

Martin: **Ich hasse meinen Namen, ich hasse hasse hasse ihn. Martin sollte jemand heißen, der Gipser ist oder Einbauküchen installiert, aber doch kein Russisch Blauer mit Stammbaum!**

bleme entstehen dann, wenn dir dein Mensch einen Namen verpasst, den er zum Schreien komisch findet, der aber einfach nur zum Schreien ist.

Was kannst du in so einem Fall tun? Leider nicht allzu viel. Natürlich kannst du dich schlichtweg weigern, auf diesen Namen zu hören, aber das dürfte sich ausgesprochen negativ auf deine Versorgung mit Leckerlis und in Katzenminze getränktem Spielzeug auswirken. Dir bleibt eigentlich nur ein Weg: Gewöhn dich dran. Wie heißt es in dem Sprichwort: »Du kannst dir aussuchen, wo du pinkelst, aber deinen Namen kannst du dir nicht aussuchen.«

Beispiele für die fünf Arten von Katzennamen, die uns die Menschen geben:

Nett	*Aussehen*	*Vornehm*	*Lustig*	*Schräg*
Coco	Simba	Lord Miauington-Haarball	Cat Stevens	Engelbert
Cupcake	Wölkchen	Lady Booboo von Pelz	J. K. Miauling	Walpurga
Ziggy	Brummer	Sir Schnurr von Flauscheschwanz II.	Al Katzone	Klaus-Jürgen
Bella	Blacky		Billy the Cat	
Molly	Söckchen		Franz Katzka	
Jasper	Kakao		Miauestro	
Shiva	Krümel		Don Katzjote	
Sammy	Flecki		Der große Katzby	
Rocky	Flöckchen			
Kleo	Zimt			
Gonzo	Däumling			
Filou	Fluffy			
Felix	Garfield			
Sissi				
Gauner				
Lucky				

Katzenschnack

Neun Leben

Wie bei den meisten Berechnungen gibt es auch hier statistische Fehler. In diesem Fall allerdings beträgt die Abweichung den Faktor Neun.

Diese ganze Geschichte, derzufolge wir über neun Leben verfügen, ist ein Ammenmärchen. Ich habe gelesen, dass Hunde diese Fehlinformation gestreut haben, damit wir uns fälschlicherweise in Sicherheit wiegen und leichtsinnige Dinge tun.

Es stimmt: Wenn wir fallen, landen wir auf den Füßen, aber das bedeutet nicht automatisch, dass wir auch dem Tod von der Schippe springen können. Es ist einfach nur etwas, was der Mensch als »Stellreflex« bezeichnet. Dasselbe gilt für unsere Geschmeidigkeit, unseren gut ausgebildeten Gleichgewichtssinn und unsere Fähigkeit, weit zu springen. So entkommen wir immer wieder einmal aus gefährlichen Situationen, aber unsterblich? Schön wär's.

Sich das immer wieder in Erinnerung zu rufen, ist das *einzige* Thema, bei dem für eine Katze Bescheidenheit angesagt ist.

Katzenschnack

Bobo: Ich und mich sorgen? Pah, ich lande doch ohnehin immer auf den Füßen.

Siehe auch *Das Paradoxon der gebutterten Katze* (Seite 127).

Nickerchen

Für deine Gesundheit und dein allgemeines Wohlergehen ist es essenziell, dass du immer gut ausgeruht bist. Das erreichst du durch Nickerchen, eine Reihe kleiner kurzer Schläfchen zwischen den langen Schlafphasen.

Katzenschnack

***Rocky*: Pst! Ich träume vom Schlafen.**

Siehe auch *Schlafen* (Seite 133).

Orangefarbene Katzen

Es heißt ja, wir leben in einer modernen Welt, in der alle offen und aufgeklärt sind, aber wenn es um Fellfarbe geht, kommen dennoch immer wieder Vorurteile hoch. Ihr Orangefarbenen da draußen wisst genau, wovon ich spreche. Was müsst ihr euch alles anhören, wenn ihr die Straße entlang flaniert. »Agent Orange«, »Mohrrübe mit Pfoten«, »Kupferkopf«, »Rostmieze«, »Tortilla«, »Boris Becker« oder »Prinz Harry«.

Als Orangefarbene stehst du selbstverständlich über solchen Dingen und gehst einfach deines Weges, den Schwanz stolz in die Luft gereckt. Katzen, die dich auf diese Weise beleidigen wollen, sind einfach nur wahnsinnig eifersüchtig auf deine Farbe, die du gemeinsam hast mit wahnsinnig vielen berühmten und glamourösen orangefarbenen Katzen – »Kater« aus *Frühstück bei Tiffany*, »Jones« aus *Alien* und … äh … und …

Wisst ihr was, ihr Orange-Hasser? Findet euch einfach damit ab.

Katzenschnack

Lissy: **Ich musste mir schon so viel anhören, dass ich wirklich froh bin, dass das hier eine Schwarz-Weiß-Aufnahme ist.**

Paarung

Du weißt nicht so recht, was da von dir erwartet wird? Ich will dir einen guten Ratschlag geben: Mach dir keine Sorgen.

Ist der Zeitpunkt gekommen, übernimmt bei einer Katze die Natur das Steuer und ganz anders als beim Menschen laufen die Dinge völlig frei von Komplikationen ab.

Zu einem typischen Paarungsritual beim Menschen gehört	**Zu einem typischen Paarungsritual bei Katzen gehört**
Alkohol	Die Katze präsentiert ihr Hinterteil
Rumfummeln	Tja, mehr ist da eigentlich nicht
Peinliche Situationen	
Bedauern	
Vorwürfe	
Nächtliche Wut-SMS	

Pappkartons

Wenn es etwas gibt, das uns grinsen lässt wie eine … Nun ja, wie eine Grinsekatze, dann sind das Pappkartons. Für Menschen sind das bloß öde, leere Behälter, die ihre Aufgabe erfüllt haben. Für uns dagegen sind sie wie der Bau, den unsere Ahnen in der Wildnis hatten – ein abgeschlossener Lebensraum, der Unterschlupf, Sicherheit und Tarnung bietet und der es uns ermöglicht, unsere Beute überraschend aus dem Hinterhalt anzuspringen. Heutzutage rammen wir unsere Klauen al-

Katzenschnack

lerdings nur noch selten in eine Spitzmaus oder einen anderen kleinen Nager, sondern eher in ein Wollknäuel oder einen Knöchel.

Paradoxon der gebutterten Katze

Doch, doch, du hast richtig gelesen.

Das ist wieder einmal so ein Beispiel dafür, dass die Menschen zu viel Zeit haben. Nachdem sie endlich herausgefunden hatten, warum wir immer auf unseren Füßen landen (das hat irgendwas damit zu tun, dass wir das Trägheitsmoment reduzieren und den Drehimpuls bewahren und … Ach, googel es doch selber), befasste sich jemand mit der alten Weisheit, dass ein mit Butter bestrichener Toast stets mit der gebutterten Seite nach unten landet. Irgendein Schlaumeier dachte sich dann: »Hey, was passiert wohl, wenn wir einer Katze einen gebutterten Toast auf den Rücken schnallen und sie dann aus einer großen Höhe abwerfen? Landet sie dann immer noch auf den Füßen?«

Meines Wissens ist dieses Paradoxon bislang rein theoretischer Natur, aber man weiß ja nie: Wenn sich dir also jemand mit einem gebutterten Toast in der Hand nähert, sieh besser zu, dass du Land gewinnst. Lieber Hunger leiden als im Namen der Wissenschaft arg ramponiert werden.

Siehe auch *Neun Leben* (Seite 122) und *Erwin Schrödinger* (Seite 35).

Pflanzen

Aus irgendeinem Grund werden die Menschen immer ganz aufgebracht und verärgert, nur weil wir ihre ach so kostbaren Pflanzen ein wenig mit den Krallen bearbeiten, spalten, zerfetzen, abreißen, schälen oder gleich ganz auffressen. Dabei vergessen sie schlicht die grundlegende Regel für die Beziehung zwischen Katze und Pflanze: In einem Haus kann eine Katze leben oder es können dort Pflanzen leben. Aber nicht beide.

Katzenschnack

Po beschnüffeln

Wir verfügen über 80 Millionen Geruchsrezeptoren und ein spezielles Geruchsorgan im Mund, deshalb können wir ungefähr 15-mal besser riechen als die Menschen! Was das Gute daran ist: Wir können schon auf ungefähr drei Straßenzüge Entfernung einen Sonntagsbraten erschnüffeln. Das Schlechte daran: Alles, was stinkt, riecht 15-mal so unangenehm.

Unser großartiger Geruchssinn sorgt dafür, dass wir alles, was wir über eine andere Katze wissen müssen, erschnüffeln können. Und am besten geht das, indem wir unser Gegenüber am Po beschnüffeln. Mach dir keine Gedanken, was andere (und mit »andere« meine ich deine Menschen) vom Po-Beschnüffeln halten: Das ist völlig normales Verhalten und nicht irgendeine Katzenperversion. Auf den Menschen übertragen ist das in etwa so, als ob wir gegenseitig unsere Twitter-Feeds lesen würden.

Die Absonderungen der Analdrüsen verraten uns alles über das Geschlecht, die Gefühlslage und das Temperament unseres Gegenübers. Aber tatsächlich müssen wir, um das herauszufinden, anderen Katzen nicht unsere Nase unter den Schwanz rammen. Wir riechen so hervorragend, dass ein wenig Schnuppern auf der Straße eigentlich völlig ausreicht.

Der wahre Grund, warum wir uns gegenseitig am Hintern riechen, ist ein völlig anderer: Wir tun es, damit wir im Anschluss sofort unser Gesicht am Gesicht unserer Menschen reiben können. Die drehen völlig durch!

Räude

Die Räude ist eine echt peinliche Hautkrankheit, die durch Milben verursacht wird.

Wenn es dich erwischt, solltest du auf zwei Dinge hoffen:

1. Deine Menschen lassen dich schnellstmöglich behandeln
2. Sie reden nur von Räude und nicht von dem anderen Namen, denn dann ist dein Ruf vollends dahin. Was ich meine? Räude wird auch als Krätze bezeichnet

Siehe auch *Flöhe, Läuse, Milben und Zecken* (Seite 46).

Regen

Wasser, das vom Himmel fällt, und uns klamm und mies gelaunt macht. Kennst du das auch? Gerade willst du dich durch die Hintertür auf den Weg machen und ein paar Dinge erledigen, als du feststellst, dass es dort schüttet. Also läufst du nach vorne zur Haustür und was siehst du da? Da regnet es auch! Schuld ist dein Mensch!

Reiben

Wenn es darum geht, seinen Körper, sein Gesicht oder seine Pfoten am Menschen zu reiben, gilt es darauf zu achten, dass das sogenannte umgekehrte Prinzip von Fell und Kleidung eingehalten wird. Dieses Prinzip besagt ganz einfach: Um einen höchstmöglichen Grad an Ärgernis bei deinen Menschen herauszuholen, sollten sich dunkle Katzen nur an Menschen reiben, die helle Kleidung tragen, und umgekehrt.

Schimpfe

Kratzspuren an den Möbel, halb tote Vögel im Haus, Katzen, die auf Tische springen, umfallende Porzellanfiguren … Es ist doch immer wieder erstaunlich, über was die Menschen sich so alles aufregen können. Hey! Wir sind Katzen, so sind wir nun einmal. Was ich damit sagen will: Stell dich darauf ein, dass dich deine Menschen anschreien und ausschimpfen.

Wenn das passiert, reagierst du so:

Schritt 1: Flitz fort
Schritt 2: Nach anderthalb oder zwei Metern drehst du dich zu ihnen um
Schritt 3: Starr sie an

Das hassen sie wie die Pest.

Schlafen

Die Frage, wie viel Schlaf für dich ausreichend ist, lässt sich nur sehr schwer präzise beantworten, denn es spielen zahlreiche Faktoren eine Rolle: dein Alter, deine Rasse, dein Gesundheitszustand, deine Ernährung und deine Umgebung beispielsweise. Die Zahlen variieren von Katze zu Katze, aber du wirst feststellen, dass für dich im Normalfall irgendetwas zwischen 12 und 16 Stunden ausreichen sollte. Und weißt du, was das Lustige an der ganzen Angelegenheit ist? Egal, wie lange du schläfst, niemand wird sich deswegen beschweren. Es ist einfach gesellschaftlich akzeptiert: »Ach, sie ist halt eine Katze und Katzen schlafen nun einmal ständig.«

Bei den Menschen sieht das völlig anders aus. Wären deine Menschen dermaßen lange inaktiv, kann das zwei Gründe haben: entweder studieren sie oder sie arbeiten in der Kommunalverwaltung.

Katzenschnack

Siehe auch *Nickerchen* (Seite 124).

Schlafplatz des Menschen

Bettlaken, Tagesdecke, Decke, Bettbezug … Für den Menschen sind das bloß Dinge, die zum Schlafplatz dazugehören. Für uns dagegen sind sie wie eine Leinwand – perfekt dafür geeignet, kreativ zu werden und uns auszudrücken.

Leider jedoch wissen die meisten Menschen unsere Kunst nicht zu schätzen. Sie sehen in deinen Anstrengungen nur eine zufällige Anhäufung schlammiger Fußabdrücke, aber das ist nicht deine Schuld, sie haben schlicht kein Auge für abstrakten Expressionismus! Das alberne Rumgeschreie und Verscheuchen kannst du getrost ignorieren. Sie sind bloß Kunstbanausen, die deine Aussagen zu Rebellion, Anarchie und Nihilismus nicht zu deuten wissen und denen nicht klar ist, dass sie nicht mit Miezmiez unter einem Dach leben, sondern mit einer echten Pussy Pollock.

Siehe auch *Frisch bezogene Betten* (Seite 50) und *Klaviere* (Seite 96).

Schnürsenkel

Kurze Schnüre aus Baumwolle, Leder oder Kunstfaser. Für ihre Existenz gibt es nur zwei Gründe:

Grund 1: Damit dein Mensch sein Schuhwerk festbinden kann

Grund 2: Ein ganz besonderes Spiel für Katzen. Es geht darum, die Schnürsenkel mit den Krallen oder den Zähnen aufzuschnüren, während dein Mensch gerade verzweifelt versucht, das Haus zu verlassen

Katzen schnack

Schorsch: **Wenn ich etwas wirklich aus tiefstem Herzen hasse, dann sind das Doppelknoten.**

Schönheitssalons

Draußen mag ein niedlicher Name auf dem Schild stehen (»Der geschniegelte Kater«, »Vier Pfoten für ein Halleluja«), aber lass dich davon nicht täuschen: Hinter der attraktiven Fassade lauert das Grauen. Es gibt für Katzen kaum einen schlimmeren Ort als einen Katzensalon.

Wenn du ankommst, gibt es dort vielleicht einen hübschen kleinen Empfangsbereich mit Wasser, daneben steht eine Schüssel mit verführerischem Trockenfutter. Du wirst vielleicht den Eindruck gewinnen, gerade in ein todschickes Katzenhotel einzuchecken, aber sei bloß wachsam und sei immer auf der Hut. Bevor du es dich versiehst, übergibt dich dein Mensch nämlich einem völlig Fremden und du wirst in einen Raum gebracht, der voll ist mit furchteinflößenden Geräten. Es ist fast wie in einer mittelalterlichen Folterkammer, aber anstelle von Streckbank, Eiserner Jungfrau und Zangen warten hier Zwicker, Entfilzungskamm und Fön.

Man wird dir einen Maulkorb verpassen, dich anketten und dann geht es los – Scheren, Rasieren, Stutzen, Kürzen, Korrigieren und Bürsten, bis du nicht mehr weißt, wo oben und unten ist. Haben sich die Folterknechte ausreichend an dir ausgetobt, steckt man deine jämmerlichen Überreste in einen Tragekorb, wo du dann gefälligst zu warten hast, dass dich jemand einsammeln kommt.

Wenn dir das keine Warnung ist, künftig noch gründlicher bei der Fellpflege zu sein, dann hilft vermutlich gar nichts mehr.

Katzen *schnack*

Siehe auch *Fellpflege* (Seite 38).

Schößе

Egal, welche Rasse du sein magst: Du wirst aller Wahrscheinlichkeit nach klein genug sein, um dich im Schoß deines Menschen zusammenrollen zu können und die Wärme und Geborgenheit dieser bequemen Auflage zu genießen (Ausnahme: Du bist zu moppelig). Aber ganz so einfach, wie es klingen mag, ist es nun auch wieder nicht, denn du wirst all deine Katzeninstinkte nutzen müssen, um den optimalen Zeitpunkt für den Sprung auf den Schoss zu erwischen.

Dieser Zeitpunkt ist immer fünf Sekunden, bevor dein Mensch aufstehen möchte.

Schuhe

Halbschuhe, Sneakers, Stiefel, Hochhackige, Slipper, Flipflops, Mokassins, Sandalen … Schuhe gibt es in einer nahezu endlosen Vielfalt an Konsistenz und Aromen, aber eines haben sie alle gemein – den herrlichen Fußgeschmack. Sich genüsslich durch eine gut abgetragene Sandalette zu nagen … Ich sag dir, das ist das wahre Leben. Aber auch hier gibt es wieder eine Einschränkung, und zwar weil die Menschen aus völlig unlogischen Gründen an ihren Schuhen hängen. Sie echauffieren sich total darüber, dass wir ihr Schuhwerk »verschandeln«. Wir verstehen die ganze Aufregung nicht. Vermutlich, weil wir selbst keine Schuhe tragen. Also: Wenn du dich über einen Schuh hermachst, dann achte sorgfältig darauf, anschließend die Beweise zu verstecken – und zwar nicht nur den einen Schuh, vergiss den anderen nicht!

Katzen schnack

Miez: Nur eine einzige Sache ist besser als Schuhe – Schuhkartons!

Siehe auch *Kauen* (Seite 92).

Schuld

Dieses Buch vermittelt dir, wie groß die Unterschiede zwischen Hunden und Katzen sind. Einer der wichtigsten ist unser Umgang mit Schuld. Auf den Punkt gebracht: Hunde akzeptieren die Schuld, wir nicht.

Ein Beispiel: Du bist im Wohnzimmer und stößt aus Versehen mit einer Schwanzbewegung ein Figürchen vom Kaminsims. Augenblicke später betritt ein Mensch den Raum und sieht die Trümmerteile auf dem Boden liegen. Vergleichen wir nun die unterschiedlichen Reaktionen:

Was ein Hund tun würde
Er würde schuldig dreinschauen, peinlich betreten und denken: »Es tut mir waaaahnsinnig leid. Ich bin halt ein Tollpatsch, aber es wird nicht wieder vorkommen. Ich hab' dich ganz doll lieb.«

Was du tun musst
Du ignorierst das Geschehene komplett und drückst mit deinem Blick aus: »Die Figur? Keine Ahnung, wovon du sprichst. Ach, kaputt ist sie? Tja, frag' mal den Hund.«

Schwänze

Andere Katzen können an den unterschiedlichen Bewegungen unseres Schwanzes ablesen, wie es uns geht und wie wir uns fühlen. Steht er gerade? Gerade mit leicht geknickter Spitze? Schwankt er? Peitscht er? Ist er gesenkt? Gesträubt? Schwingt er zwischen deinen Beinen vor und zurück? Ist er um deinen Körper gerollt? Katzen wissen auch, dass unsere Körperhaltung und sogar die Art und Weise, wie wir unsere Ohren bewegen, weitere Rückschlüsse zulassen.

Am Menschen geht all das komplett vorbei. Er hat nicht den blassesten Schimmer, was jede Bewegung bedeutet, und glaubt, wir würden uns genauso benehmen wie Hunde. Also ehrlich. Wir sind deutlich kompliziertere Wesen, jedes Zucken von uns birgt einen ganzen Strauß an Nuancen. Wedelt ein Hund mit dem Schwanz, heißt das meistens, dass er glücklich ist. Wedeln wir mit dem Schwanz, kann das bedeuten, dass wir leiden oder dass wir frustriert sind, aggressiv sind, aufgebracht sind, neugierig oder verärgert. Manchmal laufen auch mehrere dieser Gefühle in schneller Reihenfolge nacheinander ab.

Das ist alles gar nicht so einfach. Wenn du also mit Menschen kommunizieren willst, verlässt du dich am besten nicht auf Schwanzbewegungen. Versuch es lieber mit den altbewährten stimmlichen Methoden.

Vergiss nicht: Ein Fauchen sagt mehr als tausend Schwanzwedler.

Die drei Gründe, warum wir einen Schwanz haben (glauben zumindest die Menschen):

1. um unterschiedliche Emotionen auszudrücken
2. um beim Laufen und Umdrehen das Gleichgewicht besser halten zu können
3. um unsere Pheromone zu verbreiten

Katzenschnack

Momo: **Ohren angelegt, Schwanz gereckt. Sieht das für dich aus nach »Ich brauche Aufmerksamkeit, bitte streichle mich!« oder nach »Ich hab' eine Scheißlaune und mir ist danach zumute, jemanden zu kratzen«? Mal sehen, ob du richtig liegst. Das wird bestimmt lustig.**

Siehe auch *Miauen* (Seite 114).

Die drei wahren Gründe, warum wir einen Schwanz haben:

1. sollte uns langweilig werden, können wir etwas jagen
2. damit lassen sich zerbrechliche Porzellanfigürchen von Regalen fegen
3. um damit laut und kräftig morgens um halb sechs gegen die Schlafzimmertür unseres Menschen zu trommeln

Sein Territorium markieren

Wenn es darum geht, was unser Revier ist, laufen die Dinge ähnlich geradlinig ab wie bei Hunden. Wenn du etwas siehst und sagst »Meins«, dann besprühst du es einfach mit Urin. Wasser marsch und fertig, ein Kinderspiel. Nach der Sterilisation kommt es nicht mehr so häufig vor (und es ist ohnehin meistens etwas, was die Jungs machen), aber der markante Duft deines Urins bedeutet, dass die Nachbarkatzen sofort wissen, dass du dieses Gebiet beanspruchst. Dieses Stück Garten von der Veranda bis zu dem großen Rosenbusch? Schwanz hoch und markieren. Der Abschnitt vom Ende der Auffahrt bis zum Laternenmast? Schwanz hoch und markieren.

Es gibt nur zwei Faktoren, die einschränken, wie groß dein Territorium sein kann: Erstens deine Fantasie, zweitens die Größe deiner Blase.

Möbel als Territorium

Territorium ist nichts, was sich exklusiv außerhalb des Hauses befindet. Es kann genauso gut auch dein Lieblingsstuhl sein, dein bevorzugtes Sofa oder das Bett deines Menschen, auf dem du herumlümmelst, wenn niemand zu Hause ist. In diesen Fällen ist es nicht ratsam, die Möbel zu markieren, um deinen Besitzanspruch zu unterstreichen. Reibe stattdessen Stirn, Wangen und Kinn daran. Der Stoff wird deinen natürlichen Duft aufnehmen. Deine Menschen werden diese Methode deutlich besser zu schätzen wissen.

Siehe auch *Territorium* (Seite 154).

Sonnen

Nur weil wir nicht braun werden, heißt das nicht, dass wir die Sonne nicht mögen. Deshalb sieht man uns ja auch bei jeder Gelegenheit im Flur herumliegen, vor der geöffneten Gartentür oder auf der Veranda, wo wir uns in der Sonne aalen.
Was wir jedoch fast genauso sehr lieben wie die Sonne ist der Schatten.

Typischer Ablauf eines Vormittags während der Sommermonate
Schritt 1: Du liegst in der Sonne
Schritt 2: Es wird zu heiß
Schritt 3: Du suchst dir Schatten
Schritt 4. Jetzt wird es doch ein wenig frisch, oder?
Schritt 5: Wiederhole Schritt 1 bis 4, bis es Zeit fürs Mittagessen ist

Übrigens: Großartig aufwärmen kann man sich, indem man sich auf die Straße legt. Die dunkle Oberfläche absorbiert die Hitze hervorragend, sodass es dort richtig schön muschlig warm ist, aber nicht nur das: Wir können den Autofahrern, die abbremsen und um uns herumfahren müssen, unser schönstes »Du kannst mich mal«-Gesicht mit auf den Weg geben. Herrlich!

Spielen mit Menschen

Sie probieren es immer wieder. Sie ärgern dich, indem sie mit der Stoffmaus vor deiner Nase herumspielen. Sie heben dich an und versuchen, dich auf zwei Beinen gehen zu lassen. Oder sie nehmen deine Pfote, um sich damit im Gesicht zu streicheln. Wieder und wieder und wieder vergessen die Menschen, dass jeder Versuch, mit Katzen zu spielen, immer auf eine von drei Arten endet:
- Sie werden gebissen
- Sie werden gekratzt
- Beides

Egal, wie oft sie auch anfangen, auf die eine oder andere Weise mit uns herumzutollen, das alte Sprichwort lernen sie doch nicht mehr: »Erst der Scherz, dann der Schmerz!«

Katzenschnack

Siehe auch *Bauchstreichelfalle* (Seite 24).

Sprühflaschen und Wasserpistolen

Dein wahrer Feind sind nicht Hunde. Es sind auch nicht Kleinkinder, die dich grobmotorig streicheln. Es sind auch nicht niedliche kleine Babys, die dafür sorgen, dass dich niemand mehr ansieht. Nein, dein wahrer Feind sind die teuflischen Geräte namens Sprühflasche oder Wasserpistole. In vielen Büchern, die sich erdreisten, etwas von »Katzenerziehung« zu faseln, wird empfohlen, uns mit Wasser zu bespritzen, um uns zu trainieren und uns unsere vermeintlichen »schlechten Angewohnheiten« abzugewöhnen. Man nennt das wohl »Verhaltensmodifikation«. Unsere Reaktion sollte lauten: »Spritz mich noch einmal an und ich versenke meine Krallen in deiner dünnen Menschenhaut. Ich geb' dir gleich mal ›negative Verstärkung‹.«

Starren

Aus irgendeinem Grund fühlen sich zahlreiche Menschen in der Umgebung von Katzen unwohl. Liegt es daran, dass uns gute Verbindungen zu Hexen und Magie nachgesagt werden? Oder daran, dass wir uns geradezu unheimlich lautlos durch das Haus bewegen? Die Top-Methode, Menschen aus der Bahn zu werfen und ihnen Gänsehaut zu bereiten, besteht jedenfalls darin, sie mit einer solchen Eindringlichkeit und so lang anzustarren, dass sie das Gefühl bekommen, du würdest sie nicht einfach nur sehr intensiv ansehen, sondern ihnen bis in die allerletzten Ecken ihrer Seele blicken.

Katzenschnack

Balduin: Schau mir in die Augen … Schau mir in die Augen … Du wirst ganz müde … Aber nicht so müde, dass du mir nicht noch schnell einen Nachschlag vom Abendessen bringen kannst …

Zwei Methoden, die Gänsehaut deiner Menschen noch zu verschlimmern

1. Starre deinen Menschen an, aber blick ihm dabei nicht ins Gesicht, sondern visiere einen Punkt knapp über seiner Schulter an

2. Lauf auf den Flur und fange schlagartig damit an, die Haustür anzustarren (wenn du es dramatischer magst, fauchst du auch noch). In beiden Fällen musst du unbedingt den Eindruck erwecken, dass du etwas sehen kannst, was sie nicht sehen. Denk an das Kind in Poltergeist!

Siehe auch ***Augen, die im Dunkeln leuchten*** (Seite 19).

Staubsauger

Du kannst in Teufels Küche geraten, wenn du deiner Einbildungskraft die Zügel schießen lässt. Nehmen wir die dunkle, unheimliche Höhle im Flur. In Wahrheit handelt es sich um den Stauraum unter der Treppe. Und das teuflische Monster in dieser Höhle? Nun, dabei handelt es sich um einen sogenannten Staubsauger. Die Menschen nutzen diese Maschine, um das Haus zu säubern. Dabei werden auch die Haare, die du verloren hast, beseitigt. Staubsauger können laut röhren wie ein böses Monster und mindestens genauso furchteinflößend sein, aber diese furchtbaren Geräusche halten nicht lange an.

Du wirst den Krach ungefähr zwei Mal die Woche über dich ergehen lassen müssen (noch häufiger, wenn du viel haarst). Ausnahme: Dein Mensch ist ein alleinstehender Mann. Dann wirst du den Staubsauger möglicherweise nur zu besonderen Anlässen hören.

Sterilisieren

Dieser Abschnitt betrifft nur die weiblichen Katzen. Kater sollten bei *Kastration* nachlesen (wenn ihnen schlecht werden soll und sie gerne verstört sind).
Sterilisieren ist die weibliche Form der Kastration und geht mit einem chirurgischen Eingriff und einer Vollnarkose einher. Dennoch weiß ich aus zuverlässiger Quelle, dass man leichter vergisst, dass man einmal Eierstöcke gehabt hat, als dass man einmal Hoden hatte.

Vorteile des Sterilisiertseins	**Nachteile des Sterilisiertseins**
Du wirst nicht mehr rollig und machst auch nicht mehr die damit einhergehende hormonelle Achterbahnfahrt mit	Du wirst nach der Operation mindestens zehn Tage lang nicht das Haus verlassen dürfen. Das bedeutet mindestens zehn Tage Nachmittagsprogramm im Fernsehen
Du musst dir nicht mehr einen ganzen Haufens notgeiler Kater vom Hals (oder sonst wo) halten	
Du wirst nicht nur nicht schwanger, du fängst dir auch keine ansteckenden Geschlechtskrankheiten ein	
Das Risiko von Brustkrebs sinkt	
Du wirst ein längeres und glücklicheres Katzenleben leben	

Die Texte im Kopf sind bei allen Tabellen *immer* h'fett und kleiner. Die Schrift in den Spalten ist, je nach vorhandenem Platz ebenfalls kleiner oder wie hier schmal gestellt.

Stifte

Die Menschen sagen gerne: »Der Stift (oder: die Feder) ist mächtiger als das Schwert.« Das mag ja hier und da auch stimmen, aber so mächtig wie die Pfote ist der Stift definitiv nicht. Greift ein Mensch zum Stift, ergreifst du die Gelegenheit: Die Gelegenheit, mit dem Stift zu kämpfen. Im besten Fall gelingt es dir sogar, ihn dem Menschen aus der Hand zu schlagen. Auch wenn es sich nur um ein kurzes Gerangel handeln mag, wird es deinen Mensch daran erinnern, warum er normalerweise alles am Computer oder ins Handy tippt.

Katzen schnack

Harry: **Ich weiß genau, was du denkst: »Soll ich den Stift nehmen und etwas damit schreiben?« Tja, dann solltest du dich vorher noch etwas ganz anderes fragen: »Will ich wirklich mein Glück auf die Probe stellen?« Falls ja, komm doch, du Opfer.**

Straßenkatzen

Nur weil sich ein Kater draußen herumtreibt oder in einer Gasse pennt, heißt das nicht zwingend, dass er kein Dach über dem Kopf hat oder dass er wild ist. Vielleicht hängen die Jungs an diesen eher üblen Ecken herum, um die Frauen zu beeindrucken. Schließlich fahren Frauen doch voll auf Bad Boys ab, oder?

Stühle

Für Stühle gibt es nur zwei Regeln:

1. Du stromerst ganz entspannt an ihnen vorbei: »Ach sieh an, ein Stuhl. Ist mir aber eigentlich auch so was von egal«

Katzen schnack

2. Sobald ein Mensch Anstalten macht, sich auf den Stuhl zu setzen, springst du schnell wie der Blitz auf den Stuhl und beanspruchst ihn für dich

Territorium

Das ganze Territoriumskonzept ist eigentlich kinderleicht zu begreifen. Ganz einfach gesagt: Es geht um den Bereich, der deiner Meinung nach dir zusteht, und zwar dir ganz allein. Schön, ich sage »dir ganz allein«, aber tatsächlich ist es ja so, dass du dir diesen Raum mit deinen Menschen und deren nächsten Angehörigen teilen musst. Das ist so, seit wir vor Tausenden und Abertausenden Jahren domestiziert wurden. Wir haben den Menschen geholfen, ihre Ernte vor lästigen Nagern zu schützen, im Gegenzug haben sie uns Essen und ein Dach über dem Kopf gegeben. Und jetzt werden wir sie einfach nicht mehr los …

Was das Territorium angeht, so musst du damit nur zwei Dinge machen:

1. markieren
2. vor Eindringlingen schützen

Eindringlinge

Eindringlinge gibt es in allen Größen und Formen. Draußen können das Vögel sein, Eichhörnchen oder Füchse. Drinnen handelt es sich zumeist um Fremde und fremde Tiere (zum Beispiel dieser dauerkläffende Yorkshire-Terrier, den die Freundin deiner Menschen immer anschleppt). Gelingt es dir nicht, dein

Territorium vor diesen Außenstehenden zu schützen, kann es dir passieren, dass die Eindringlinge dir, ehe du es dich versiehst, dein Essen stibitzen, dein Wasser oder das in Katzenminze getränkte Quietschespielzeug, sie könnten sogar … Ich wage kaum, es auszusprechen, aber es muss sein … Sie könnten sogar so dreist sein und sich einfach so auf deinem Lieblingsstuhl lümmeln. Ich weiß, derart abscheuliche Verbrechen mag man sich kaum vorstellen, aber so etwas soll tatsächlich vorkommen.

Zwei wichtige Dinge zum Thema Territorium

1. In der Katzenwelt erstreckt sich das Territorium nicht nur auf das Haus oder den Garten. Auch die Ausfahrt, der Garten der Nachbarn, der Garten drei Häuser weiter, die Straße oder sogar der ganze Straßenzug können als Territorium beansprucht werden.
2. Je größer dein Territorium, desto schwieriger ist es zu verteidigen. Das solltest du bedenken, bevor du die ganze Straße inklusive der Garagen und der kleinen Ladenzeile als dein Eigentum markierst.

Siehe auch *Sein Territorium markieren* (Seite 144).

Tierärzte

Einige Tierärzte haben ihren Traumberuf gefunden. Sie widmen ihr Leben voll und ganz, kranke Tiere gesund zu pflegen. Ihre Arbeit erfüllt sie und jeder Tag beschert ihnen Abwechslung. Wenn du so einen Tierarzt hast, dann schätze dich ausgesprochen glücklich. Die meisten von uns haben einen Tierarzt, der nur deshalb Tierarzt geworden ist, weil es zum Menschenarzt nicht gereicht hat. Das nagt an ihnen und das lassen sie an uns aus, normalerweise, indem sie sehr grob mit uns umgehen. Sie drücken uns und befummeln uns, als seien wir ein Stück Obst auf dem Markt und sie wollten herausfinden, ob wir schon reif sind. Mit medizinischer Professionalität hat das herzlich wenig zu tun.

Wann immer du auf dem Untersuchungstisch liegst, denken sie: »Ich hätte ein Neurochirurg von Weltrang werden können. Stattdessen stehe ich nun hier und untersuche diese Britisch-Langhaar auf Räude.«

Fünf Gründe, warum wir Tierärzte echt nicht ausstehen können

1. Sie blamieren uns, indem sie laut herumposaunen, dass wir Würmer haben
2. … und Übergewicht
3. Sie sind es, die den Kegel der Schande verordnen
4. Ich sag nur: Analdrüsen ausdrücken
5. Ich sag nur: Impfungen

Was erwartet mich eigentlich beim Tierarzt?

Das Wartezimmer
Da hocken wir nun, gefangen in unseren Tragekörbchen, und lassen uns von strunzdummen Kötern ankläffen.

Der Empfang
Die tun so, als wärst du in einem schnieken Hotel, und als wäre ihnen nichts wichtiger, als dass du es angenehm und nett hast. Nichts könnte von der Wahrheit weiter entfernt sein.

Die Waage
Sie erfüllt nur eine Aufgabe: Damit der Tierarzt mit der Zunge schnalzen und deinem Menschen dann für teures Geld Diät-Katzenfutter unterjubeln kann.

Der Untersuchungstisch
Eine Edelstahloberfläche, die gleich drei Aufgaben erfüllt: Sie sorgt dafür, dass du einen kalten Hintern bekommst. Sie bietet null Halt. Sie ist so hoch, dass, wenn du dich davonmachen willst, deine Landung auf dem harten Fußboden richtig schmerzhaft wird.

Das Röntgenzimmer
Hast du etwas verschluckt, was du nicht hättest verschlucken sollen? Hier findet man es heraus. Schlüssel, Schrauben, Steine, kleines Spielzeug, Knochen, Lego-Figuren, Computermäuse, Schmuck, Malstifte, Batterien, USB-Sticks, Gummibänder … In diesem Raum wird die Wahrheit ans Licht kommen. Immer.

Der OP
Das Zeug, aus dem Katzenalbträume gemacht sind – grelle Lichter, bizarre Maschinen mit Schläuchen, jede Menge scharfer Dinge und Menschen, die Masken tragen.

Der Zwinger
Hier landen die Tiere nach einer Operation, bevor sie wieder nach Hause dürfen. Erwarte bloß keine niedlichen kleinen Holzhütten, wir sprechen hier über nackte Metallkäfige. Und sie sind nicht nur für Hunde gedacht, wie schon manche Katze zu ihrem Leidwesen erfahren musste.

Katzenschnack

***Bertie:* Tierärzte? Das sind die Leute, die dir nicht nur Dornen aus der Pfote entfernen, das sind auch die Leute, die dir die Klöten nehmen!**

Tierkameras

George Orwell, der große Kämpfer für Tierrechte, hätte die Krätze gekriegt, wenn er das noch erlebt hätte: Winzige Kameras, manchmal sogar mit Mikro ausgestattet, werden dafür genutzt, jeden unserer Schritte zu überwachen. Deine Menschen platzieren diese Geräte strategisch über das Haus verteilt, um ein Auge auf uns haben zu können, während sie unterwegs sind. Sie erhoffen sich wohl in erster Linie, eines Tages einzuschalten und uns dabei zu erwischen, wie wir Klamotten tragen und auf zwei Beinen laufen. Da können sie aber lange warten.

Überwachungskameras stehen normalerweise oben auf einem Regal oder Kaminsims und sind auf das Sofa, Bett oder einen Lieblingsstuhl gerichtet. Wenn du dich fragst, wie du am besten damit umgehst: Nein, du kletterst nicht hoch und haust das Ding auf den Boden (obwohl auch das sehr befriedigend sein kann). Stattdessen solltest du die Anwesenheit dafür nutzen, Theater zu machen, wann immer deine Menschen zusehen (du erkennst es an dem rot leuchtenden Licht).

Wie nervst du deine Menschen am meisten, wenn sie dich per Überwachungskamera beobachten

a) Lege dich auf den Rücken, streck alle Viere von dir und halte die Luft an. Lass es aussehen, als wärst du ins große Katzenkörbchen im Himmel abgereist.
b) Hocke dich hin und spreiz die Hinterbeine. Lass es aussehen, als würdest du überall hinpinkeln.
c) Drehe dich von der Kamera weg, gib Erstickungsgeräusche von dir und tu so, als würdest du einen wirklich gewaltigen Haarballen hochwürgen.

d) Zeige deinen Menschen, dass selbst eine flache, vertikale Oberfläche wie die Tapete im frisch renovierten Wohnzimmer dein Territorium ist. Dreh dich zur Wand, stell den Schwanz auf und tu so, als würdest du die Tapete markieren.
e) Präsentiere der Kamera dein Hinterteil und halte dein »Untenrum« direkt vor die Linse. So bleibst du, bis es deinem Menschen zu langweilig oder übel wird, je nachdem, was zuerst geschieht.

Tierpsychologen

»Du bist doch ein Fall für die Klapse!« Hast du das von deinen Menschen auch schon mal gehört? Keine Sorge, das bedeutet nicht, dass man dich irgendwo abliefert, wo dir ständig jemand aufmunternde Klapse verabreicht, bis du völlig rammdösig im Kopf bist.

Was sie eigentlich damit meinen, ist, dass sie mit dir zum Katzenpsychologen gehen wollen oder einem Verhaltensexperten. Gutgläubig stopfen sie dieser Person dann die Taschen mit Geld voll. Im Gegenzug erzählt der Tierpsychologe ihnen dann, dass du nur deshalb in die Schuhe deiner Menschen machst, weil sie dich als kleines Kätzchen nicht oft genug gestreichelt haben.

Katzenschnack

Snickers: **Bei der Katzenpsychologin sollte ich mich zur Analyse auf ihre samtbezogene Couch legen. Nicht die beste aller Ideen, schließlich bin ich in Behandlung, weil ich ständig die Möbel zerkratze**

Toiletten

Auch als »Bad« oder »Klo« bekannt. Es handelt sich um den Raum, in dem dieser große weiße, mit Wasser gefüllte Stuhl steht. Dorthin ziehen sich deine Menschen zurück, wenn sie in Ruhe die Zeitung lesen oder auf dem Handy herumspielen wollen. Gleichzeitig ist es der Ort, wo sie pinkeln und groß machen. Stell es dir vor wie eine Art Hightech-Katzenklo. Für Katzen wiederum ist die Toilette der allerbeste Ort, um mit Menschen zu interagieren. Wenn du einen Ort suchst, wo du dich hinsetzen und sie einfach anstarren kannst – die Toilette ist die perfekte Wahl.

*Katzen*schnack

Nero: **Glaube mir – Katzenklo ist echt einfacher.**

Siehe auch *Badezimmer* (Seite 23) und *Katzenklo* (Seite 81).

Tollwut

»Das T-Wort«, »Das Große T«, »Miezen-Manie« … Bis heute haben viele Katzen eine Heidenangst vor Tollwut. Schuld ist meistens simple Unwissenheit. In den Industrienationen ist diese Krankheit so gut wie ausgerottet, aber dennoch halten sich hartnäckig zahlreiche Mythen rund um die Tollwut. Ein Beispiel: »Du kannst es kriegen, wenn du dich am Fressnapf einer anderen Katze bedienst!« oder »Ich bin rothaarig, also bin ich immun!« So kann das nicht weitergehen, deshalb betreibe ich hier jetzt etwas knallharte Aufklärungsarbeit.

Die Wahrheit über Tollwut

- Mit Tollwut kannst du dich nur infizieren, wenn dich ein Säugetier beißt, welches das Virus in sich trägt. Wenn dich ein übermütiges Kätzchen im Haus spielerisch zwickt, dann ist das ärgerlich oder peinlich, ein Todesurteil ist es nicht.
- Nur weil du übermäßig aufgeregt bist, heißt das nicht automatisch auch, dass du von Tollwut befallen bist. Vielleicht liegt es auch nur daran, dass deine Menschen angefangen haben zu stricken.
- Auch Schaum vor dem Mund spricht nicht zwingend für eine Infektion. Hast du es vielleicht mit dem Sport etwas übertrieben? Hast du dir den Magen verdorben? Warst du wieder an der Zahnpasta?
- Tollwut hat keinen Respekt vor Stammbäumen, sie befällt alle Rassen. Nur weil du Tatjana Sternenstaub von Ansehnlich-Honigzopf heißt und in diversen Rasseschauen prämiert wurdest, wirst du dadurch nicht immun.

- Nur weil du jemanden ohne Warnung beißt, heißt das nicht zwingend, dass du auf einmal Tollwut bekommen hast. Vielleicht bist du einfach nur eine miese Socke.

Drei Dinge, die du über Tollwut wissen musst

- Tollwut ist ein Virus, das das Gehirn und das zentrale Nervensystem befällt
- Tollwut verläuft meistens tödlich
- Tollwut willst du wirklich nicht haben

Transportbox

Die Menschen bezeichnen diese Dinger ganz unverfänglich als »Transportbox«, aber für uns sind sie tragbare Gefängnisse. Ehe man sich's versieht, stopft dich dein Mensch rüde in so ein Teil und das nur, weil er dir nicht zutraut, dich im Auto zu benehmen. Er hat Sorge, dass du ihm während der Fahrt auf den Kopf springst oder aufs Armaturenbrett, dass du vor der Windschutzscheibe herumläufst oder deinen Kopf durchs Lenkrad steckst. Und ganz unter uns: Er hat ja recht. Selbst ein Kleinwagen bietet einer Katze ausreichend Platz, sportliche Übungen, Spaß und eine Prise Leichtsinn miteinander zu kombinieren.

Drei Möglichkeiten, sich in seinem Plastikgefängnis die Zeit zu vertreiben

- Wann immer eine Minute vergangen ist, ritzt du einen kleinen Strich in die Innenseite deiner Kunststoffzelle. Damit geht kein Augenblick deiner Leidenszeit verloren und du könntest die Angaben als Beweis vor Gericht vorlegen, wenn endlich über Katzenrechte verhandelt wird
- Spiel ein Klagelied auf der Mundorgel. Kannst du keine Mundorgel spielen (es stimmt schon, ohne opponierbaren Daumen sind wir hier wirklich im Nachteil), dann miau das Lied halt
- Schlag mit dem Futternapf gegen das Gitter, um Aufmerksamkeit auf dich zu lenken

*Katzen*schnack

Simba: **Diese Gitter können mich nicht aufhalten!**

Trennungsangst

Dass deine Menschen immer wieder für eine Weile das Haus verlassen, ist ganz natürlich und fester Teil der Katze-Mensch-Beziehung. Manchmal sind sie nur ein paar Minuten weg (wahrscheinlich hocken sie irgendwo auf dem Klo) oder ein paar Tage (wahrscheinlich liegen sie auf irgendeiner Liege in der Sonne).

Verhaltensforscher befassen sich seit Langem mit der Frage, ob Katzen wohl auch von der sogenannten Trennungsangst betroffen sind. Die Antwort?

Das fragt ihr doch wohl nicht ernsthaft, oder?

Katzenschnack

Jo-Jo: **Mein Mensch hat sich gerade für vier Stunden verabschiedet. Prima!**

Treppen

Die Ein-Schritt-Regel hatten wir ja bereits an anderer Stelle abgehandelt, aber zusätzlich solltest du, wenn du vor deinen Menschen die Treppe hinunterläufst, auf keinen Fall vergessen, ohne Ankündigung und nach keinem erkennbaren Muster anzuhalten, um dich zu putzen. Das kann sehr amüsant werden. Zumindest für dich.

Siehe auch *Ein-Schritt-Regel* (Seite 33).

Trophäen

Soweit ich weiß, präsentieren Menschen ihre »Jagdtrophäen« gerne montiert an der Wand, in einem Schaukasten oder als Teppich. Bei uns Katzen sieht das anders aus. Wollen wir zeigen, was für großartige Jäger wir sind, dann verstreuen wir die Überreste der toten Beute im gesamten Haus. Aber damit unsere Menschen gar nicht erst lange suchen müssen, bevorzugen wir es natürlich, die Beute auf oder in Dingen zu präsentieren, die unseren Menschen gehören.

Diese »Filetstückchen« präsentieren wir den Menschen, weil wir sie als Familienmitglieder ansehen und deshalb unseren Fang mit ihnen teilen wollen – jedenfalls behaupten das die Tierforscher und sprechen auch von einem »Liebesbeweis«. Aber ganz egal, wie sie es nennen, es ist schlicht eine der besten Methoden, wie du deine Menschen anwidern kannst.

Und weißt du, was noch besser ist als ihnen eine tote Maus aufs Bett zu legen? Ihnen eine halb tote Maus aufs Bett zu legen.

Türen

Die Menschen, mit denen du zusammenlebst, sollten wie ein modernes Unternehmen sein und eine »Politik der offenen Tür« befolgen, damit du ganz beliebig und ungehindert Zugang zu allen Räumen im Zimmer hast. Entdeckst du eine verschlossene Tür, weise deine menschlichen Wirte darauf hin, indem du an der Farbe kratzt. Sollte das nicht ihre Aufmerksamkeit wecken, dann fahre aggressiv und vorsätzlich zerstörerisch mit den Krallen über den Teppich direkt vor der entsprechenden Tür. Diese Botschaft sollte ziemlich rasch ankommen.

Wenn du auf eine Tür zugehst und hinter dir ein Mensch folgt, lass dich nicht unter Druck setzen, ob du den Raum tatsächlich betreten willst. Am besten drückst du dich auf der Türschwelle herum und vermittelst das Gefühl: »Gehe ich jetzt hinein oder warte ich noch ein wenig? Tja, lass mich überlegen …«

Balthasar: Hey, auf meinem Pass steht
»Access all areas«. Ihr wisst wohl nicht,
mit wem ihr es zu tun habt!

Unabhängigkeit

Man mag vieles über Katzen behaupten – sie seien hochnäsig, eingebildet oder sogar arrogant –, aber eines kann man ihnen nicht vorwerfen, nämlich dass sie klammern würden. Wir sind unser eigenes Herrchen. Äh, unser eigener Herr. Menschen brauchen wir nur wegen der Nahrung (und wegen der Impfspritzen, aber je weniger wir über dieses Thema sprechen, desto besser, vielen Dank). Seit die Katzenklappe erfunden wurde, können wir kommen und gehen, wie wir wollen. Wir pflegen uns selber und wir verspüren auch nicht das Bedürfnis, an der Tür oder am Fenster zu warten, um unsere Menschen eine Nanosekunde nach dem Nachhausekommen mit Zuneigungsbekundungen zu überschütten.

Hast du mal *Die unglaubliche Reise* gesehen, den Film, in dem ein Siamkater, ein Labrador und ein Bullterrier 400 Kilometer durch die kanadische Wildnis reisen, um nach Hause zu kommen? Die Katze hätte das locker auch alleine geschafft. Die Hunde hat man erst nach den ersten Probevorführungen ins Drehbuch geschrieben, um eine breitere Zielgruppe anzusprechen.

Undankbarkeit

Undankbarkeit sollte ein wesentlicher Bestandteil deines Lebens sein. Bei allem, was du tust, spielt sie eine zentrale Rolle. Sie unterscheidet uns vom Hund. Gib einem Hund einen Snack und er springt auf und ab oder rennt vor Glück wie blöde im Kreis herum. Wir dagegen sollten einfach unser allerbestes »Was soll der Mist«-Gesicht aufsetzen.

Dein Mensch kommuniziert mit dir? Schön, aber unter keinerlei Umständen darfst du in irgendeiner Form Befriedigung erkennen lassen, ganz zu schweigen von Anerkennung.

Ein Beispiel:

1. Du miaust, weil du etwas zu essen haben willst
2. Dein Mensch stellt dir die Schüssel hin. Du rümpfst die Nase und stolzierst davon*

Verstecke

Du lebst mit Menschen zusammen, die Anhänger des Minimalismus sind? Mein Beileid! Nichts als weiße Wände, glatter Boden und Voilevorhänge … Die Sorte von Ort, in der ein Mönch besser aufgehoben wäre als eine vierköpfige Familie. Für deine Menschen bedeutet Minimalismus ein besser organisiertes Heim, mehr Freiheit und mehr Platz. Für dich bedeutet es – weniger potenzielle Verstecke.

Beim Verstecken geht es nicht einfach darum, einen Ort zu haben, an den man fliehen kann, wenn Gefahr droht. Es geht darum, einen Stützpunkt zu haben, einen Ort, an dem wir entspannen können in den seltenen Fällen, dass uns ein Gefühl von Unsicherheit beschleicht. Das Gefühl, keine Zuflucht zu besitzen, bereitet uns Stress. Wenn wir Stress haben, müssen

* Du kommst natürlich später wieder, wenn niemand zusieht.

wir ein Plätzchen finden, an dem wir uns wieder abregen können. Aber das geht ja nicht, denn wir haben keine Zuflucht! Noch mehr Stress, arrgh! Und so weiter und so weiter.

Die zehn besten Gründe, weshalb eine Katze ein Versteck benötigt

1. um sich vor dem Familienhund zu verbergen
2. und vor kleinen Kindern
3. und dem Staubsauger
4. um sich abzukühlen
5. oder sich aufzuwärmen
6. um irgendwo in Ruhe schlafen zu können, ohne dass unsere Menschen stöhnen und herumnölen, dass wir ständig am Pennen seien
7. um über wichtige Themen nachsinnen zu können. Zum Beispiel: »Diese Familie sorgt sich nicht ausreichend um meine Bedürfnisse. Sollte ich umziehen in dieses hübsche Häuschen zwei Straßen weiter? Da gäbe es auch mehr Versteckmöglichkeiten für mich.«
8. es ist ein so unglaublich kuschliges Gefühl, sich in klitzekleine Räume zu zwängen
9. irgendwo müssen wir doch mit der halb toten Maus oder dem Vogel hin
10. ich sag bloß: Feuerwerk

Welche Orte sind gut als Versteck geeignet und welche nicht?

Gut:

- im Wäschekorb oder dahinter
- unter der Heizung
- hinter dem Vorhang
- hinten im Schrank
- oben auf dem Schrank
- unter dem Bett/unter der Tagesdecke
- in der Sockenschublade

Schlecht:

- in der Waschmaschine, im Trockner, Geschirrspüler oder
- dem Kühlschrank. Im Grunde sind alle großen weißen
- Elektrogeräte tabu
- unter einem Auto
- unter einem großen Hund

Siehe auch *Waschmaschine* (Seite 180).

Vögel

Oberflächlich betrachtet sind Vögel die perfekte Beute – klein, nicht zu knusprig und dank des albernen Rumgehüpfes sind sie am Boden schön langsam. Und weil sie interessante Quietschgeräusche machen, wecken sie unsere Neugier. Aber du solltest dich davon nicht hinters Licht führen lassen. Sie haben nämlich eine Sache gelernt, die in den vielen tausenden

Katzenschnack

Molly: **Was für ein leckerer Snack. So nah, aber dennoch unerreichbar …**

Jahren der Evolution Katzen immer wieder massiv frustriert hat – sie können in die Luft springen, ohne gleich wieder auf den Boden zu fallen!

Drei sehr wichtige Dinge, die jede Katze über Vögel wissen sollte

1. Sie können fliegen
2. Du nicht
3. Versuch es erst gar nicht

Katzenschnack

Leo: Kein Kommentar.

Wellensittiche

Einige Menschen quälen uns gerne. Sie platzieren kleine, bunte, zahme Vögelchen praktisch direkt vor unserer Nase, aber weil sie da in ihrem Käfig hocken, sind sie für uns nicht erreichbar. Diese Dinger heißen Wellensittiche und für ihre Existenz auf diesem Planeten gibt es zwei Gründe:

1. Sie sollen Menschen, insbesondere die kleinen oder sehr alten Exemplare, amüsieren
2. Sie sollen uns eine Lektion in Sachen Frustration vermitteln

Voll und leer

Hier klaffen die Definitionen der Menschen und der Katzen ganz stark auseinander, vor allem dann, wenn es um Essen geht.

Was Menschen unter »leer« verstehen: In unserer Schüssel ist nichts mehr zu essen.

Was Katzen unter »leer« verstehen: Unsere Schüssel ist nicht einmal mehr zu drei Vierteln voll.

Katzenschnack

Laika: **Also für mich sieht das leer aus.**

Vorhänge

Rein theoretisch sind diese Stoffbahnen dafür gedacht, das Sonnenlicht abzudunkeln, oder dafür zu sorgen, dass es nicht zieht – oder eben beides. Für eine Katze dagegen sind Vorhänge eine nackte Felswand, die uns zum Erklimmen herausfordert und unsere unersättliche Lust auf Abenteuer entfacht.

Eine Gipfelbesteigung (= das Erreichen der Vorhangstange) ist ein geradezu unglaublich befriedigendes Gefühl. Und das Schöne daran: Weil man nur zwei Meter irgendwas über dem Boden ist, läuft man auch nicht Gefahr, höhenkrank zu werden.

Die Menschen glauben, wir klettern Vorhänge hinauf, weil wir einen Ausguck suchen, von dem wir aus mit Jägerblick unsere Umwelt ins Visier nehmen wollen.

Die Wahrheit dagegen ist ganz simpel: Es fühlt sich toll an, wenn unsere rasiermesserscharfen Krallen in den Stoff schneiden. So einfach ist das.

Katzenschnack

Warmes Plätzchen

Das warme Plätzchen ist die Stelle, auf der dein Mensch gerade sitzt. Es kann sich um einen Stuhl handeln, ein Sofa oder ein Bett. Als Mensch ist es die Aufgabe deines Besitzers, das warme Plätzchen zu erschaffen. Als Katze ist es deine Aufgabe, das warme Plätzchen in Beschlag zu nehmen. Deine Mission, dir das warme Plätzchen zu sichern, muss mit der gleichen Gründlichkeit wie eine Polizei-Razzia geplant sein. Ihr Erfolg hängt von drei Faktoren ab.

Wachsam bleiben

Es kann vorkommen, dass du das warme Plätzchen eine halbe Stunde lang beobachten und dabei jederzeit mit seinem Freiwerden rechnen musst. Es kann sogar noch länger dauern, wenn dein Mensch seine Blase gut im Griff hat oder völlig im Bann des Fernsehprogramms gefangen ist. Es ist verlockend, irgendwann die Überwachung aufzugeben und stattdessen eine Runde zu schlafen, aber du musst dich voll und ganz konzentrieren und darfst nicht der Versuchung nachgeben, wegzudösen. Die Chance, dir das warme Plätzchen zu sichern, könnte innerhalb weniger Sekunden kommen und verstreichen. Wenn du dann gerade von der Mäusejagd träumst, verpasst du sie. Wer nicht stiert, verliert.

Im Voraus planen

Wenn es darum geht, sich erfolgreich ein warmes Plätzchen zu sichern, ist ohne gründliche Planung kein Blumentopf zu holen. Du musst dich entscheiden, wo du dich postieren willst, wann du zuschlagen willst und was du machst, wenn deine Mission auffliegt. Geh in Gedanken die gesamte Aktion von Anfang bis Ende durch und überlege dir, wie du reagieren wirst, wenn du den Plan von jetzt auf gleich abändern musst (weil dein Mensch beispielsweise während der Werbepause auf einmal doch nicht aufsteht, um sich einen Tee zu machen).

Tempo, Tempo, Tempo

Die optimale Position muss sehr sorgfältig abgewogen werden und mehrere Bedingungen erfüllen: Du solltest alles perfekt im Blick haben, aber auch so dicht dran sein, dass du dir, ist der Augenblick gekommen, mit einem bequemen Satz das warme

Plätzchen unter die Kralle reißen kannst. Sobald sich der Mensch für einen Augenblick erhebt oder den Raum verlässt, schlägst du entschlossen und zügig zu. Wartest du zu lange, gehst du nicht nur leer aus, du wirst möglicherweise den ganzen Rest des Abends auf dem Fußboden verbringen müssen!

Mach dich lang, schließe deine Augen und tu so, als ob du schläfst. Wenn dich irgendjemand anschaut oder dich verscheuchen will, zeig deine Krallen und fauche.

Waschmaschine

Wenn man das erste Mal eine Waschmaschine sieht, kann das schon eine ausgesprochen faszinierende und sogar hypnotisierende Angelegenheit sein. Dieses unheilvolle, grollende Rumpeln, das rhythmische Geräusch des Wassers, die hellen blinkenden Lichter. Verschwende deine Zeit nicht damit, stundenlang die Waschmaschine anzustarren, denn ich kann dir genau verraten, was passiert:

- Menschenkleidung dreht sich in die eine Richtung
- Menschenkleidung dreht sich in die andere Richtung
- Das ist alles, mehr kommt nicht.

Katzenschnack

***Julchen:* Aber wird mein Weiß auch porentief rein?**

Siehe auch *Verstecke* (Seite 171).

Wasser

Für Katzen ist Wasser so wie Wasser für die Böse Hexe des Westens. Da wir uns ständig putzen und sehr reinlich sind, sollte man eigentlich meinen, dass wir Wasser ganz toll finden, aber das ist falsch. Absolut falsch. Wenn ein Mensch versucht, uns in eine Wanne zu stecken, wird er normalerweise auf sehr schmerzhafte Weise erfahren, wie sehr wir Wasser hassen. Was als gut gemeinter Versuch begann, uns zu säubern, endet damit, dass der Mensch den Rest des Abends damit verbringt, seine zerkratzten Arme und Hände mit Antiseptikum zu behandeln und zu verbinden.

Woher kommt dieses belastete Verhältnis zum Wasser? Die Menschen sagen, das habe evolutionäre Gründe: Wir würden Wasser mit im Wasser lebenden Raubtieren assoziieren (selbst Löwen haben Angst vor Krokodilen) und ein feuchter Geruch könne Beutetieren unsere Anwesenheit verraten. Der wahre Grund? Stell dir vor, du bist ein Mensch und musst den ganzen Tag in nassen Klamotten herumsitzen. Alles klar?

Siehe auch *Baden* (Seite 22).

Weihnachten

Eine festliche Zeit für die Menschen. Sie findet jedes Jahr statt, eigentlich immer dann, wenn es am kältesten ist. Du wirst schon wissen, wann es so weit ist, weil sich in deinem Haushalt einiges ändert: Die Zahl herumschreiender Kinder steigt drastisch an, ebenso der Stresslevel deiner Menschen.

Woran erkenne ich, dass die Weihnachtszeit begonnen hat

Der Baum

Auf einmal taucht ein kleiner, geschmückter Baum im Wohnzimmer auf. Dahinter steckt irgendein seltsames Menschenritual. Pinkel bloß nicht gegen den Baum, das gilt als Blasphemie! Der Baum bietet natürlich hervorragende Möglichkeiten zum Daraufherumklettern und die Geschenke, die unter dem Baum liegen, stellen deine Fähigkeiten im Papierzerfetzen und Verpackungenzerreißen auf eine harte Probe. (Aufgepasst: Von den Lichtern im Baum führt ein dünnes Kabel zur Wand. Kau nicht auf dem Kabel herum. Glaube mir, du würdest es bereuen.)

Fernsehen

Die Glotze läuft lauter, greller und noch nervtötender als sonst schon. Als wäre das nicht schon schlimm genug: Die große Zahl an Menschen, die in dein Haus eingefallen ist, belegt alle Sitzgelegenheiten vor dem Fernseher. Dir bleibt nur noch der harte Fußboden oder der Flur.

Krippe

Möglicherweise wird eine kleine religiöse Szene aufgebaut, die, glaubt man den Menschen, die Geburt Christi nachstellt. Für uns Katzen ist das nur deshalb interessant, weil die kleinen Holzfiguren perfekt zum Daraufherumkauen ist. Achtung: Sei besser vorsichtig mit der Figur, die »Christkind« heißt. Wenn du die verschluckst, wird die Wiederkunft eine ausgesprochen schmerzhafte Angelegenheit.

Katzenschnack

Hannibal: **Weihnachten finde ich ganz, gaaanz toll …**

Maja: **Sehe ich aus wie ein blödes Rentier? Nein, oder?**

Deine Beteiligung

Dein Mensch wird dich in die Feierlichkeiten einbinden wollen. Aber weil du nun mal keine Weihnachtslieder singst und auch keine Geschenke verpackst, haben sich die Menschen etwas anderes für uns Katzen ausgedacht: Man setzt uns ein Rentiergeweih aus Plastik auf. Wie sehr du dich darüber freust, zeigst du am besten, indem du wartest, bis die Menschen ein Foto von dir machen wollen. Einen Bruchteil, bevor sie das Foto machen, schüttelst du das Geweih ab.

Essen

Nicht nur die Zahl der Gäste nimmt zu, es gibt auch ein deutlich größeres Angebot an Lebensmitteln. Wie du schon gesehen hast, gibt es in der Weihnachtszeit also jede Menge besorgniserregender Veränderungen in deiner Umwelt, aber ein ganz spezielles Wort sollte auch deine Vorfreude auf die Festtage immens steigern: Büffet. Am besten fängst du rechtzeitig an, Sprünge nach oben zu üben, damit du, wenn es so weit ist, springst wie nie zuvor.

Wolle

Vergiss ausgeklügelte Türme oder Tunnel, manchmal es sind doch die simpelsten Vergnügungen, die am meisten Spaß bringen. Sehr viel simpler als ein Wollknäuel kann es nicht werden, denn: Hey, es ist nur ein Knäuel Wolle, mehr nicht.

Die Menschen nutzen Wolle für die Herstellung von Kleidung. Wenn sie mal so richtig verwegen sein wollen, stellen sie daraus auch Teekannenwärmer her. »Stricken« nennen sie das und es ist leider längst nicht mehr so angesagt wie früher. Wenn du in einem Haushalt mit einem strickenden Menschen lebst, schätze dich glücklich. Aber auch wenn es massig Spaß macht, die Wolle wie eine verletzte Maus hin und her zu stupsen oder sie um Dinge zu wickeln, will ich dir trotzdem einen guten Rat mit auf den Weg geben.

Dos & Don'ts rund um Wolle

- Do: Versuch herauszufinden, wo dein Mensch seinen Nähkasten aufbewahrt, diesen mystischen Ort, den wir Katzen Wolle Sieben nennen.
- Don't: Nicht die Wolle essen. Das sind Stofffasern, keine Spaghetti.

- Don't: Nicht mit Acrylwolle spielen. Auch wir haben unseren Stolz!
- Do: Wenn dein Mensch gerade strickt, schlage ihm das Wollknäuel aus seinem Schoss.
- Don't: Keine Aufregung, wenn du hörst, wie dein Mensch über die Stringtheorie spricht. Das bedeutet nicht, dass er hypothetische Überlegungen anstellt, wie er dich besser unterhalten kann. Vielmehr ist es irgendetwas Strunzlangweiliges, was mit Schwerkraft zu tun hat, der grundlegenden Struktur unseres Universums und all so ein Zeugs.

Es gibt da dieses Gerücht, dass eine schwangere Katze, die mit Wolle spielt, Wollmäuse zur Welt bringt. Das Gerücht ist falsch.

Katzenschnack

Felix: **Meine Menschen wissen ja, dass ich Wolle liebe, aber das ist doch ein wenig übertrieben.**

Würmer

Verspürst du manchmal auch so ein wohliges, warmes Gefühl in deinem Inneren? Das ist ein Anzeichen dafür, dass du dich wohlfühlst. Und kennst du auch dieses Gefühl, völlig antriebsarm zu sein, immer Hunger zu verspüren, aber gleichzeitig auch ständig Durchfall zu haben? Das sind wahrscheinlich Würmer.

Gegen diese Parasiten gibt es reichlich Behandlungsmöglichkeiten, seien es Tropfen, Tabletten oder – Gott bewahre – Spritzen. Was am meisten wehtut, wenn man unter Würmern leidet, ist nicht der flaue Magen, sondern der Schaden, den dein gesellschaftliches Ansehen nimmt.

Yoga für Katzen

Menschen stressen sich ja wegen jeder Kleinigkeit – die nervige Pendelei zur Arbeit, der anstrengende Chef, Geldsorgen, ungezogene Kinder, Beziehungen, die auf der Kippe stehen, und zig hundert weitere Dinge. Leider hat das dazu geführt, dass einige Menschen, wenn sie an ihrem Stressabbau arbeiten, uns da unbedingt mit hineinziehen müssen. Ich rede davon, dass sie uns zum Katzenyoga mitschleppen.

Ich weiß, ich weiß, klingt irre, oder? Aber ich habe mir das nicht ausgedacht, Katzenyoga ist voll »in«. Und es beschert uns ironischerweise Stress. Wir wollen doch nur zu Hause sein und uns irgendwo einrollen, wo es warm und kuschlig ist. Es war nie die Rede von einer zugigen Halle, in der sich lauter hochgestochene Damen mit Namen wie Arabella oder Tamara dehnen und strecken, während wir ziellos herumwandern und darauf warten, dass wir endlich wieder nach Hause kommen. Man hat diesen Frauen eingeredet, dass es ihnen beim Entspannen hilft und dass sie ihr Bewusstsein auf eine höhere Ebene bringen können, wenn sie sich mit Katzen umgeben – und diese Frauen haben das tatsächlich geschluckt. Sie behaupten auch, dass unsere Anwesenheit beim Bonding hilft und unserem »Katzenkarma« guttut.

Keine Ahnung, wie es dir geht, aber ich verbringe lieber meine Zeit damit, meine Genitalien zu lecken, als damit, mein Chakra zu reinigen. Katzenyoga? Ein Hund würde sagen: »Ist ja zum Bellen!«

Katzenschnack

Zweites Zuhause

Die Menschen haben ihr zweites Zuhause oftmals in Florida, in der Provence oder an der Costa del Sol. Bei uns dagegen ist das zweite Zuhause viel näher am eigentlichen Zuhause. Manchmal liegt es ein paar Ecken weiter oder auf derselben Straße oder sogar auch nur zwei Türen weiter. Was sie allesamt auszeichnet: Es sind warme Orte, die wir aufsuchen können, während unsere Menschen bei der Arbeit sind. Orte, an denen man uns willkommen heißt und – viel wichtiger – wo man uns zusätzliche Mahlzeiten anbietet. Und das Allerallerschönste daran: Für eine Katze gibt es keine Obergrenze, wie viele zweite Zuhause sie haben darf.

Also: Lust auf vier Mal Frühstück?